Virginia Woolf
Um quarto só para mim

Tradução
Sofia Nestrovski

seguido de Margo Glantz,
A querela das mulheres

Tradução
Gênese Andrade

editora■34

7 **Virginia Woolf**
Um quarto só para mim

9 Capítulo I
31 Capítulo II
49 Capítulo III
67 Capítulo IV
89 Capítulo V
105 Capítulo VI

125 **Margo Glantz**
A querela das mulheres

171 **Nota sobre os textos**

Virginia Woolf
Um quarto só para mim

Tradução
Sofia Nestrovski

Capítulo I[1]

Mas — talvez vocês reclamem — nós a convidamos para falar sobre as mulheres e a ficção. O que isso tem a ver com ter um quarto só para você? Vou tentar explicar. Quando recebi o convite para falar sobre as mulheres e a ficção, sentei à beira de um rio e comecei a me perguntar qual o sentido dessas palavras. Talvez fosse o caso de simplesmente fazer alguns comentários sobre Fanny Burney; e outros mais sobre Jane Austen; uma homenagem às Brontës, junto de um esboço da paróquia de Haworth coberta de neve; alguns gracejos, se possível, sobre a senhorita Mitford; uma menção respeitosa a George Eliot; uma referência à Sra. Gaskell, e missão cumprida. Mas, pensando melhor, essas palavras se revelaram mais complexas. O título, as mulheres e a ficção, pode se referir, e talvez fosse esse o sentido que vocês tinham em mente, a mulheres e a seus modos; ou às mulheres e à ficção que escrevem; ou às mulheres e à ficção que se escreve a respeito delas; ou talvez o título signifique

---

1 Este ensaio é uma compilação de dois artigos apresentados na Arts Society em Newnham College e no ODTAA [*One Damn Thing After Another*, Uma Desgraça de Cada Vez] em Girton College, em outubro de 1928. Os artigos eram longos demais para serem lidos na íntegra, e desde então foram adaptados e ampliados. [N.A.]

que os três sentidos vêm enredados e se confundem, e que eu deveria considerá-lo sob essa luz. Mas quando me pus a refletir sobre o assunto dessa última maneira, que me pareceu a mais interessante, logo notei uma desvantagem fatal. Eu jamais chegaria a uma conclusão. Não seria capaz de cumprir o que, no meu entender, é a tarefa mais importante de uma palestrante: oferecer, depois de uma hora de discurso, uma pepita da mais pura verdade para que vocês a embrulhem em meio às páginas de seus cadernos e a exponham para todo o sempre em cima da lareira. O máximo que eu poderia dar seria a minha opinião a respeito de um detalhe — que, se uma mulher quer escrever ficção, ela precisa ter dinheiro e um quarto só para ela; e isso, como vocês vão ver, deixa em aberto o grande problema da verdadeira natureza da mulher e da verdadeira natureza da ficção. Esquivei-me do dever de chegar a uma resposta para essas duas questões — se depender de mim, tanto as mulheres como a ficção são assuntos que permanecem insolúveis. Para compensar, no entanto, vou fazer o possível para demonstrar como cheguei a essa opinião sobre o quarto e o dinheiro. Diante de vocês, vou desenrolar, tão inteira e livremente quanto sou capaz, o fio da meada que me trouxe até aqui. É possível que, se eu mostrar as ideias e os preconceitos por trás dessa afirmação, vocês descubram que, em algum grau, eles dizem respeito às mulheres ou à ficção. Seja como for, quando o assunto é tão controverso — como são todos os assuntos sobre os sexos — ninguém espera dizer a verdade. O máximo que se pode fazer é mostrar o caminho pelo qual se chegou a uma opinião. O máximo que se pode fazer é oferecer ao público a oportunidade de tirar as próprias conclusões ao observar as deficiências, os preconceitos e as idiossincrasias de quem fala. Neste caso, é bem provável que a ficção tenha mais de verdade que os fatos. Por isso, minha proposta é fazer uso de toda a minha liberdade e licença poética para contar a história dos dois últimos dias que antecederam a minha vinda para cá — de como, curvada sob o peso do assunto que vocês me puseram nos ombros, refleti, e fiz com que ele atravessasse meus dias. Não preciso dizer que o que vem a seguir é irreal; Oxbridge é uma invenção, assim como Fernham; "eu" não passa de uma palavra conveniente para alguém que não existe. Dos meus lábios sairão mentiras, mas é possível que alguma verdade se misture a elas; cabe a vocês buscar essa verdade e decidir se alguma parte dela merece ser guardada. Se não for o caso, podem, é claro, jogar tudo fora e esquecer o que foi dito.

Eis-me então aqui (podem me chamar de Mary Beton, Mary Seton, Mary Carmichael ou de qualquer outro nome — tanto faz), à beira de um rio, semana passada ou retrasada, num belo dia de outubro, absorta em meus pensamentos. Aquele peso que mencionei, as mulheres e a ficção, e a necessidade de chegar a uma resposta possível para um assunto que acende todo tipo de paixão e preconceito, me fez baixar a cabeça. À esquerda e à direita, arbustos que irradiavam uma luz dourada e verme-lha, como se incendiados pelo calor ou até pelo fogo. Na mar-gem de lá, os salgueiros choravam seu lamento perpétuo, com a cabeleira na altura dos ombros. O rio refletia o que ele bem entendesse do céu, da ponte e da árvore chamuscada; e mal o estudante universitário acabava de cortar os reflexos com seu remo, a imagem se recompunha novamente e por completo, como se nunca tivesse sido perturbada. Daria para ficar ali um dia inteiro, perdida em pensamentos. O pensamento — se é que merece nome tão digno — deixou sua linha seguir com a correnteza. Ele fluía minutos a fio, de um lado para o outro, em meio a reflexos e ramagens, deixando a água subir e descer até que viesse aquele puxão — vocês sabem — de quando uma ideia é de repente fisgada e se embola na ponta da linha: e, en-tão, a retraímos com cautela e a trazemos para a margem com cuidado. Que decepção. Como era pequeno, como era insigni-ficante esse meu pensamento estendido agora sobre a grama; era o peixinho que um bom pescador sabe devolver à água para que ele possa engordar até chegar no ponto em que enfim va-lerá a pena cozinhá-lo e comê-lo. Não vou importuná-las com esse pensamento ainda, embora vocês talvez o encontrem por conta própria, se prestarem atenção no que vou dizer.

Por menor que fosse, havia ali, no entanto, a natureza misteriosa do pensamento — quando devolvido à mente, encheu-se imediatamente de vigor e de importância; e, à medida que zarpava e mergulhava, visível apenas em lampejos, causou tamanho aguaceiro e turbilhão de ideias que não pude continuar parada. Foi então que me vi cruzando o gramado com muita pressa. E a figura de um homem imediatamente apareceu para me interpelar. Num primeiro momento, não entendi que era a mim que essa criatura curiosa, de fraque e camisa social, gesticulava. Tinha uma expressão de horror e indignação. Foi o instinto, e não a razão, que veio me socorrer: ele era um Bedel; eu era uma mulher. Aqui era o gramado; ali estava o caminho. O gramado era uma exclusividade dos catedráticos e seus orientandos; para mim, restava o caminho. Esses pensamentos não duraram mais que um segundo. Bastou eu me dirigir ao caminho traçado, o Bedel baixou os braços, seu rosto assumiu a expressão de sempre e, ainda que seja melhor andar na grama que no cascalho, no final não houve mortos nem feridos. Minha única queixa contra o corpo docente e discente daquela Faculdade, seja qual for, é que, a fim de proteger a grama que vem sendo aparada há trezentos anos, tenham afugentado meu peixinho.

Agora já não lembro mais qual tinha sido a ideia que me fez invadir a propriedade alheia com tanto ímpeto. O espírito da paz desceu sobre mim como uma nuvem dos céus, porque afinal, se existe algum lugar onde o espírito da paz vive, é nos pátios e jardins de Oxbridge numa bela manhã de outubro. Um passeio em meio àqueles edifícios e antigos casarões faz os vincos do presente se alisarem; o corpo parece protegido por uma cristaleira milagrosa, onde os sons não o atingem, e a mente, livre da convivência com os fatos (a menos que invadíssemos o gramado outra vez), pode se entregar a qualquer reflexão que esteja em harmonia com o momento. Por acaso, uma memória desgarrada de um antigo ensaio sobre revisitar

Oxbridge nas férias de verão traz Charles Lamb à mente — São Charles, segundo Thackeray, encostando uma carta de Lamb na testa.[2] É verdade que, de todos os mortos (estou listando meus pensamentos na ordem em que me apareceram), Lamb é dos mais simpáticos; é alguém a quem se gostaria de perguntar — então sente aqui, me conte: como você escreveu seus ensaios? Porque os ensaios de Lamb são melhores até do que os de Max Beerbohm, pensei; são perfeitos, por causa daquela imaginação selvagem e luminosa, aquela faísca do gênio, que lampeja no meio do texto e deixa todo o entorno falho e imperfeito, mas constelado de poesia. Bom, Lamb estudou em Oxbridge uns cem anos atrás. Ele certamente escreveu um ensaio — esqueci o título — sobre o manuscrito de um dos poemas de Milton que encontrou aqui. Talvez fosse *Lycidas*, e Lamb tenha escrito sobre o espanto de imaginar que qualquer palavra daquele poema pudesse um dia já ter sido outra. Pensar em Milton trocando as palavras de *Lycidas* era um sacrilégio. O que me levou a tentar recordar seus versos e me entreter adivinhando qual palavra ele teria mudado, e por quê. Então me dei conta de que o manuscrito que Lamb tinha visto estava a poucos metros de distância, de modo que era possível seguir seus passos cortando pelo jardim, rumo à famosa biblioteca que guardava o tesouro. Além disso, lembrei, pondo o plano em ação, é nessa biblioteca famosa que se encontra também o manuscrito de *Esmond*, de Thackeray. A maioria dos críticos diz que *Esmond* é o romance mais bem-acabado de Thackeray. Mas o estilo afetado, imitativo do século XVIII, atravanca a leitura, se bem me recordo; a menos que o estilo setecentista fosse natural para ele — algo

---

2   Referência ao ensaio "Oxford in the Vacation", que será mencionado outra vez logo a seguir, publicado por Charles Lamb, em 1820. Quanto ao gesto de Thackeray ao segurar uma carta de Lamb, trata-se do momento em que autor de *Esmond* lembra o quanto seu correspondente era devoto à irmã, como se relata em Lewis Melville, *William Makepeace Thackeray* (Londres: John Lane, 1910), vol. I, pp. 180-81. [N. T.]

que se poderia comprovar investigando o manuscrito e conferindo se as alterações são de estilo ou de sentido. Mas para isso, seria preciso decidir o que é estilo e o que é sentido, e essa é uma pergunta que — agora eu estava de fato diante da porta que leva à biblioteca. E devo tê-la aberto, porque no mesmo instante, e como um anjo da guarda que impede a passagem com um ruflar de vestes pretas em vez de asas brancas, surgiu um senhor com ares de desaprovação, grisalho e amável que a meia-voz lamenta informar, enquanto me afasta com a mão, que mulheres só são admitidas na biblioteca quando acompanhadas de um catedrático da Faculdade ou munidas de uma carta de apresentação.

Que uma biblioteca famosa tenha sido amaldiçoada por uma mulher é algo completamente inócuo para a biblioteca famosa. Calma e venerável, com todos os tesouros trancados a chave em seu seio, ela dorme magnânima e, se depender de mim, seguirá dormindo eternamente. Não serei eu a despertar seus ecos, nem clamarei por acolhimento, jurei, indignada, ao descer os degraus com raiva. Restava ainda uma hora até o almoço, e o que fazer? Passear pelos campos? Sentar à beira do rio? Fato é que aquela era uma bela manhã de outono; as folhas caíam vermelhas no chão; e nenhuma das opções exigiria grande esforço. Mas uma melodia chegou até meus ouvidos. Era uma missa ou talvez uma celebração. Quando passei pela porta da capela, o órgão lamentava maravilhosamente. Naquele clima sereno, até a tristeza do cristianismo parecia mais uma rememoração da tristeza do que tristeza verdadeira; os gemidos do velho órgão pareciam envoltos de paz. Não tive vontade de entrar, mesmo se pudesse; o sacristão me teria impedido a passagem, a menos que eu estivesse com minha certidão de batismo ou com uma carta de apresentação do reitor. Mas o lado de fora desses edifícios magníficos costuma ser tão impressionante quanto o de dentro. Além do mais, assistir à congregação se reunindo, passando de um lado para o outro, ocupada diante da capela como abelhas na entrada da colmeia, tudo isso já era diversão o bastante. Muitos deles vestiam becas; alguns tinham penachos nos ombros; uns vinham empurrados em cadeiras de rodas; outros, ainda que não fossem velhos, tinham a aparência sulcada e amassada em formatos tão estranhos que lembravam os enormes caranguejos e lagostas que se arrastam com dificuldade na areia de um aquário. Recostei-me no muro, e a universidade me pareceu um santuário de preservação de tipos raros que logo seriam extintos se deixados a sós para lutar pela sobrevivência no asfalto de uma grande avenida. As velhas histórias sobre velhos reitores e velhos catedráticos me vieram à mente. Mas antes que eu tivesse a coragem de assobiar — reza a lenda que ao som de um assobio o velho professor — irrompe a galope ——— a venerável congregação se fechou do lado de dentro. Sobrou o lado de fora da capela. Como vocês sabem, domos e pináculos altos, iluminados à noite, podem ser vistos de longe, das montanhas, a milhas de distância; são como navios navegando eternamente e que nunca chegam. Podemos supor que, um dia, esse jardim com seu gramado liso, seus edifícios imensos e também a capela não passavam de um brejo, com capim alto, onde os porcos fuçavam. Batalhões de cavalos e bois devem ter puxado carroças carregando pedras desde cidades distantes, pensei, e em seguida os blocos cinzentos em cuja sombra eu agora descanso foram empilhados na ordem correta por meio de um esforço infinito, e então os pintores trouxeram o vidro das janelas e os pedreiros passaram séculos em cima daquele telhado, ocupados com massa e cimento, pá e espátula. É provável que todo sábado alguém despejasse de uma bolsa de couro moedas de ouro e prata naquelas mãos de antigamente, para que pudessem aproveitar uma noite de cerveja e jogos. Um fluxo interminável de ouro e prata deve ter vindo parar neste jardim infinitas vezes, pensei, para que as pedras continuassem chegando e os pedreiros continuassem trabalhando; nivelando, aplainando, cavando e drenando. Mas eram tempos de fé, e o dinheiro corria farto para que as pedras fossem alicerçadas em solo profundo e, uma vez empilhadas, mais dinheiro transbordou dos cofres de reis e rainhas e de grandes nobres, para garantir que hinos fossem entoados e estudantes, ensinados. Terras foram doadas; dízimos pagos. E finda a era da fé e iniciada a era da razão, ainda assim correram rios de ouro e prata; bolsas de estudo foram criadas e magistérios instaurados; mas o ouro e a prata já não corriam mais dos cofres de reis, e sim dos bolsos daqueles que, digamos, fizeram fortuna na indústria, e devolveram, via testamento, quantias generosas para a criação de novas cátedras, novos magistérios, novas bolsas de estudos na universidade onde haviam aprendido um ofício. Daí vieram as bibliotecas e os laboratórios; os observatórios; o fino carregamento de instrumentos caros e delicados que agora se encontram em prateleiras de vidro onde séculos atrás o capim crescia e os porcos fuçavam. Sem dúvida, enquanto eu perambulava pelo jardim, os alicerces de ouro e prata pareceram-me profundos o bastante; o calçamento firmava-se sólido sobre a grama selvagem. Homens carregando bandejas na cabeça zanzavam ocupados de uma escadaria a outra. Um exagero de flores se exibia nas janelas. Os acordes esganiçados dos gramofones vazavam dos quartos. Era impossível não pensar em — qualquer que fosse o pensamento, ele foi interrompido. O relógio soou. Era hora de se dirigir ao almoço.

É um fato curioso que os romancistas nos façam crer que os almoços sejam memoráveis pelo que se falou de espirituoso, ou o que se fez de inteligente. Mas quase nunca pelo que se comeu. Faz parte da convenção dos romancistas não mencionar a sopa, o salmão, o pato, como se sopas, salmões e patos fossem irrelevantes, como se ninguém fumasse charuto ou bebesse uma taça de vinho. Aqui, no entanto, vou me dar o direito de desafiar essa convenção e contar a vocês que esse almoço específico começou com linguados em pratos fundos, que o cozinheiro da Faculdade finalizou com um creme aveludado dos mais brancos, apenas salpicado de marrom aqui e ali, como as manchas no dorso de uma corça. Em seguida, vieram as perdizes, mas, se com isso, o que lhes vem à mente é um par de aves marrons e depenadas numa travessa, estão enganadas. Essas perdizes, abundantes e variadas, vinham com saladas e molhos, do mais picante ao mais adocicado; as batatas, finas como moedas, se moedas fossem macias; as couves-de-bruxelas como pétalas de rosa, mas muito mais suculentas. E tão logo o assado e seus acompanhamentos acabaram, o homem que nos servia em silêncio, talvez o Bedel numa manifestação mais amena, pôs diante de nós, entre guardanapos, uma sobremesa que se erguia em ondas de puro açúcar. Chamá-la de pudim e, com isso, aparentá-la ao arroz e à tapioca seria uma ofensa. Enquanto isso, as taças de vinho se tingiram de amarelo e vermelho; se esvaziaram; voltaram a se encher. E foi assim que, paulatinamente, uma luz desceu pela coluna até a morada da alma; não aquela luz elétrica e dura que recebe o nome de brilhantismo e que estala nos lábios, mas um fulgor subterrâneo e brando, que é a chama dourada da conversação racional. Sem pressa. Sem necessidade de ofuscar. Sem precisar ser nada além de quem se é. Vamos todos para o céu e Vandyck é nosso amigo —[3] ou seja, como é boa a vida, como são doces as recompensas, que bobagem aquela mágoa, aquela ofensa, como é admirável a amizade e a companhia dos nossos, e acendemos um bom cigarro e afundamos em almofadas à beira da janela.

Se por sorte um cinzeiro estivesse à mão, se a cinza não tivesse sido batida pela janela num gesto automático, se tudo tivesse sido um pouco diferente, é de se imaginar que eu não teria reparado num gato sem rabo. A visão do animal abrupto e truncado atravessando o jardim com seus passos macios mudou, por algum capricho subconsciente, a iluminação das minhas emoções. Era como se uma cortina tivesse baixado. A taça do excepcional Reno afrouxou as amarras. Sem dúvida, enquanto

---

3 Atribuídas ao pintor Thomas Gainsborough, essas teriam sido suas últimas palavras, sussurradas já no leito de morte ao também pintor Sir Joshua Reynolds. A seu turno, Sir Anthony Van Dyck foi um artista flamengo conhecido pelos seus retratos de Carlos I e sua corte. [N.T.]

eu olhava o gato manês parado na grama como se ele também questionasse o universo, alguma coisa parecia faltar, algo mudava. Mas o quê, eu me perguntei, atenta à conversa. Para responder, precisei me imaginar fora dali, de volta ao passado, aliás, para antes da guerra, e de olho numa outra versão de um almoço com amigos em salas não muito longe destas; mas diferentes. Era tudo diferente. Enquanto isso, a conversa seguia entre os convidados, que eram vários e jovens, alguns deste sexo, outros do outro; e seguia com a correnteza, e seguia agradável, solta, à vontade. E à medida que seguia, eu a contrapunha à outra conversa, e sobrepondo-as, não restaram dúvidas de que uma descendia da outra, era sua filha legítima. Nada havia mudado; nada era diferente, a não ser — e aqui abri o ouvido para me concentrar não exatamente no que era dito, mas no rumor ou ruído subjacente. Era isso — a mudança estava ali. Antes da guerra, num desses almoços com amigos, as pessoas teriam dito exatamente as mesmas coisas, mas o efeito seria outro, porque naqueles tempos as palavras eram acompanhadas de um sussurro inarticulado, mas musical e vivo, que altera o valor do que é dito. É possível traduzir em palavras esse sussurro? Talvez com a ajuda dos poetas seja possível. Do meu lado havia um livro e, ao abri-lo, topei por sorte com Tennyson. E foi assim que o encontrei cantando:

Caiu uma lágrima luminosa
*   do maracujá trepado à porta.*
É ela quem vem, minha pomba, minha amiga;
*   É ela quem vem, meu destino, minha vida;*
"Está quase, está quase", canta a rubra rosa;
*   "Não vem mais", a rosa branca chora;*
"Eu escuto, eu entendo", diz a margarida;
*   E o lírio suspira, "Eu me rendo".*

Era assim que os homens sussurravam nos almoços antes da guerra? E as mulheres?

Meu coração é um pássaro que canta
Ele descansa num ninho macio;
Meu coração é uma árvore de fruta,
Ela se curva de tanta maçã;
Meu coração é uma concha lustrosa
Ela navega nas ondas do mar;
Meu coração é bem mais que isso
Porque o amor voltou a meu lar.

Era assim que as mulheres sussurravam nos almoços antes da guerra?

Era tão disparatado imaginar que as pessoas sussurravam esses versos nos almoços antes da guerra que não pude deixar de rir, e precisei explicar meu riso apontando para o gato manês, que de fato parecia um pouco absurdo, o coitado, sem rabo, no meio da grama. Nasceu assim, ou perdeu o rabo num acidente? O gato sem rabo é mais raro do que se imagina, embora digam por aí que há alguns na Ilha de Man. É um animal esquisito, mais curioso que bonito. É estranha a diferença que faz um rabo — e esse é o tipo de coisa, vocês sabem, que alguém diz quando a festa termina e as pessoas vão procurar seus casacos e chapéus para ir embora.

Esta na qual estávamos durou a tarde inteira, graças à hospitalidade do anfitrião. O belo dia de outubro escurecia, e as folhas caíam das árvores na avenida enquanto eu passava. Todos os portões pareciam se fechar às minhas costas, um seguido do outro, decididos porém gentis. Incontáveis bedéis giravam incontáveis chaves em fechaduras bem azeitadas; a segurança do tesouro estaria garantida por mais uma noite. Passada a avenida, há uma estrada — não me lembro do nome — que, se virarmos na esquina certa, leva a Fernham. Mas havia tempo de sobra. O jantar estava marcado para as sete e meia. E depois de um almoço daqueles, quase daria para ficar sem jantar. É estranho como um resquício de poesia trabalha na mente e faz as pernas se moverem ao seu ritmo pela estrada. Aquelas palavras —

Caiu uma lágrima luminosa
     do maracujá trepado à porta.
É ela quem vem, minha pomba, minha amiga —

entoavam em meu sangue e eu andava apressada em direção a Headingley. E então, mudando a batida, cantei, ali onde as águas quebram na represa,

Meu coração é um pássaro que canta
     Ele descansa num ninho macio;
Meu coração é uma árvore de fruta...

Que poetas!, deixei escapar, como é comum no lusco-fusco. Que poetas eram esses!

Tomada por, suponho, uma espécie de ciúme da nossa própria época, por mais absurda e boba que seja a comparação, comecei a me perguntar se alguém, honestamente, conseguiria nomear dois poetas vivos tão grandes quanto o foram Tennyson e Christina Rossetti. É óbvio, pensei, com os olhos naquela correnteza, que é impossível compará-los. O motivo pelo qual essa poesia nos captura, nos enleva, é justamente sua celebração de um sentimento que costumávamos ter (talvez nos almoços com amigos antes da guerra), de modo que a reação vem fácil, familiar, sem a chatice de ter que conter a própria emoção ou compará-la com a de hoje. Mas os poetas vivos dão voz a um sentimento que na verdade está sendo criado e arrancado de nós no agora. Primeiro não o reconhecemos; muitas vezes, por alguma razão, o tememos; olhamos para ele com boa vontade e o comparamos, com cuidado e suspeita, com aquele velho sentimento conhecido. Essa é a dificuldade da poesia moderna; e é por causa dela que não somos capazes de decorar mais do que dois versos seguidos de qualquer bom poeta moderno. Por esse motivo — porque minha memória falhou — o argumento minguou, por falta de substância. Mas por que, continuei, seguindo em direção a Headingley, deixamos de sussurrar à meia-voz nos almoços com amigos? Se Alfred deixou de cantar

É ela quem vem, minha pomba, minha amiga;

Se Christina deixou de responder

Meu coração é bem mais que isso
Porque o amor voltou ao meu lar,

Devemos culpar a guerra? No momento em que apertaram os gatilhos em agosto de 1914, desnudaram os rostos de homens e mulheres a ponto de matar o romantismo? Sem dúvida, foi um choque (sobretudo para as mulheres, iludidas com a lenga-lenga da educação e tudo o mais) ver o rosto de nossos governantes iluminados pelo fogo de artilharia. Como eram feios — alemães, ingleses, franceses —, como eram idiotas. Mas pouco importa de quem seja a culpa, a ilusão que inspirou Tennyson e Christina Rossetti a cantar com tamanha paixão a vinda de seus amados é muito mais rara hoje do que antes, basta ler, ver, ouvir, lembrar. Por que, então, chamar de "culpa"? Afinal, se era uma ilusão, por que não louvar a catástrofe, qualquer que fosse, que destruiu a ilusão e deu lugar à verdade? Porque a verdade... essas reticências marcam o lugar em que, em vez de procurar a verdade, perdi a entrada para Fernham. Sim, de fato, me perguntei, qual é a verdade e qual a ilusão? Qual seria a verdade sobre essas casas, por exemplo, à meia-luz e calorosas a essa hora, suas janelas alaranjadas com o anoitecer, mas vermelhas, vulgares e despojadas, com suas comidas açucaradas e cadarços de botas às nove da manhã? E os salgueiros, e o rio, e os jardins que levam ao rio, indefinidos agora com a névoa se apoderando deles, mas dourados e vermelhos à luz do sol — qual era a verdade, qual a ilusão? Vou poupá-las dos meus volteios conceituais, pois não encontrei conclusão alguma no caminho que leva a Headingley, e peço que imaginem que eu logo percebi meu erro quanto à entrada e refiz meus passos até Fernham.

Por já ter dito que era um dia de outubro, não vou arriscar perder o respeito de vocês e macular o nome limpo da ficção trocando de estação e descrevendo lilases nas muretas de jardins, lírios-roxos, tulipas e outras flores da primavera. A ficção deve se ater aos fatos e, quanto mais verdadeiros forem esses fatos, melhor a ficção — é o que dizem. Portanto, era ainda outono e as folhas estavam ainda amarelas e caíam, talvez um pouco mais rápido do que antes, porque agora era noite (sete e vinte e três, precisamente) e uma brisa (vinda do sudoeste, para deixar claro) soprava. Mas, a despeito de tudo isso, algo de estranho cozinhava:

> *Meu coração é um pássaro que canta*
> *Ele descansa num ninho macio;*
> *Meu coração é uma árvore de fruta,*
> *Ela se curva de tanta maçã —*

Talvez tenham sido as palavras de Christina Rossetti que me distraíram com o delírio — porque não passou de delírio — de lilases tremendo sobre o muro dos jardins, de voos de borboletas-limão à minha volta, de pólen no ar. Soprou um vento, não sei de onde, que eriçou as folhas novas e lançou no ar um brilho cinza e prateado. Era a hora do lusco-fusco, quando as cores se intensificam e o roxo e o dourado das vidraças queimam como as batidas de um coração sensível; quando, por algum motivo, a beleza do mundo se revela e logo desaparece no instante seguinte (eu então atravessei o jardim, graças à imprudência de alguém que deixou um portão aberto, e à ausência de bedéis); a beleza do mundo tem dois gumes que cravam o coração, um é o riso, o outro, a angústia. Os jardins de Fernham, selvagens e amplos, abriam-se diante de mim naquele crepúsculo primaveril, os narcisos e jacintos, crescendo espalhados ao acaso em meio à grama alta, não estariam ordenados nem nas melhores condições, mas agora o vento soprava e eles pareciam acenar puxando as próprias raízes. As janelas do edifício, curvas como as de um navio em meio a ondas abundantes de tijolos vermelhos, variavam entre verde-claro e prateado, à sombra das nuvens aceleradas da primavera. Alguém se deitava numa rede, alguém, não mais que um espectro nessa luz, metade invenção, metade visão, corria pela grama — não havia quem a impedisse? — e, então, na varanda, como para tomar um ar, para olhar o jardim, surgiu uma figura curvada, formidável e humilde, de testa alta e vestido simples — seria possível? Seria a famosa professora, seria J—— H——, a própria? A visão era vaga, mas intensa, como se o xale com que o anoitecer cobrira o jardim tivesse sido rasgado por uma estrela ou espada — o clarão de uma realidade terrível saltou, como costuma saltar, de dentro do coração da primavera. Porque a juventude ——

Minha sopa chegou. Estavam servindo o jantar no refeitório principal. Não era nem de longe primavera aquela noite de outubro. Todas se reuniam ali. O jantar estava pronto. Ali estava a sopa. Era um caldo simples de carne. Nenhuma colherada despertaria a imaginação. Aquele líquido transparente deixaria ver o desenho que por acaso existisse no prato. Mas não havia desenho. O prato era liso. Em seguida veio a carne com seu séquito de verduras e batatas — a doméstica trindade, que remete a lombo de boi em mercados lamacentos, e couves-de--bruxelas com as pontas crespas e amareladas, e a barganhas e descontos, e a mulheres com sacolas de pano numa manhã de segunda-feira. Não havia motivo para reclamar desse alimento comum da espécie humana, já que a quantidade era suficiente e, sem dúvida, os mineradores nas minas de carvão se satisfaziam com menos. Em seguida, vieram ameixas secas e creme. E se alguém reclamar que nem mesmo o creme é capaz de mitigar uma ameixa seca, esse imperdoável vegetal (impossível chamar de fruta), fibroso como o coração do avarento, do qual o único fluido que escorre é como o que correria nas veias do homem que recusou vinho e calor por oitenta anos, e não porque os doou aos pobres, esse alguém deveria pensar que existem pessoas cujo coração caridoso acolhe até mesmo ameixas secas. Depois, vieram os biscoitos e o queijo, e então a jarra de água passou de mão em mão fartamente, porque a secura é da natureza dos biscoitos, e estes eram biscoitos até a alma. E fim. Refeição terminada. Todas arrastaram a cadeira para trás; as portas pivotantes rodopiavam com violência; logo o restaurante esvaziou-se de qualquer vestígio de comida e certamente foi arrumado para o café da manhã do dia seguinte. Pelos corredores e escadas, a juventude inglesa cantava, abria e fechava portas. E não caberia a uma visitante, uma estranha (porque eu não tinha mais direito de estar em Fernham do que em Trinity, Somerville, Girton, Newnham ou Christchurch), dizer "O jantar não estava bom", ou dizer (agora eu e Mary Seton estávamos em seu quarto), "Não teria sido melhor jantarmos sozinhas aqui?", porque se eu tivesse dito algo do tipo, teria bisbilhotado e desvendado a economia secreta de uma casa que exibe uma fina fachada de alegria e coragem a quem lhe é estranho. Não, nada poderia ser dito. De fato, a conversa esfriou por um instante. A estrutura humana é assim, coração, corpo e cérebro misturados, em vez de separados em compartimentos distintos, como serão em um milhão de anos, e, por isso, um bom jantar é importante para que a conversa seja boa. Não dá para pensar, amar, dormir direito sem ter jantado direito. Ninguém acende a lâmpada da espinha dorsal com carne e ameixas secas. Vamos *provavelmente* para o céu, e Vandyck, *supostamente*, deverá nos encontrar dobrando a esquina — é esse o estado de espírito dúbio e cheio de advérbios que nasce de um dia de trabalho coroado por carne e ameixas secas. Por sorte, minha amiga, que dava aula de ciências, tinha no armário uma garrafa bojuda e duas tacinhas (embora o melhor mesmo seria ter linguado e perdizes, para começo de conversa), e assim pudemos reacender a lareira e reparar alguns dos estragos de um dia que chegava ao fim. No minuto seguinte, deslizávamos livremente pelos objetos de curiosidade e interesse que se formam em nossas mentes quando não estamos juntas, mas que são naturalmente retomados quando nos reencontramos: fulana casou, sicrana, não; alguém acredita nisso, outro, naquilo; diferente do que imaginávamos, aquela pessoa melhorou, e aquela outra conseguiu ficar incrivelmente pior... e tantas outras hipóteses sobre a natureza humana e o caráter deste maravilhoso mundo que ocupamos, no qual brotam todos esses acontecimentos. Enquanto a conversa se desenrolava, me veio de repente a sensação constrangedora de que uma correnteza começava a se formar por conta própria, arrastando tudo a um mesmo fim. Podíamos estar falando sobre a Espanha ou Portugal, sobre um livro ou uma corrida de cavalos, quando, no entanto, o verdadeiro interesse não estava no que era dito, mas numa cena de pedreiros no alto de um telhado cinco séculos atrás. Reis e nobres traziam tesouros em sacos enormes e os despejavam na terra. A cena não parava de crescer dentro de mim, e se seguia a uma outra, de vacas magras e um mercado lamacento e verduras murchas e o coração áspero dos homens velhos — essas duas imagens, por mais desconectadas, desconjuntadas e sem sentido que fossem, não paravam de se aproximar e se entrechocar e me deixaram à mercê delas. O melhor a fazer, para a conversa não desandar, era expor ao vento o que eu tinha em mente, e com sorte aquilo desmancharia e viraria pó como o crânio do velho rei em Windsor quando lhe abriram o caixão. Eu então resumi para a senhorita Seton a história dos pedreiros que por tantos anos estiveram no alto da capela, e dos reis, rainhas e nobres que, carregando sacos de ouro e prata no ombro, os enterraram ali; e de como os magnatas financeiros da nossa época vieram e depositaram cheques e ações, suponho, onde seus antecessores depositaram lingotes e pepitas de ouro bruto. Falei de tudo o que havia por baixo daquelas Faculdades; mas esta Faculdade, onde estamos agora, o que esconde por trás dos bravos tijolos vermelhos e do capim selvagem dos jardins? Que poder emana da louça lisa na qual jantamos aquela (não pude me conter) carne, aquele creme com ameixas secas?

Então, disse Mary Seton, lá por 1860... — Mas você já conhece essa história, ela falou, imagino que entediada com a própria conversa. E contou — os quartos foram alugados. Os comitês, reunidos. Os envelopes, endereçados. Circulares foram escritas. Reuniões, feitas; cartas lidas em voz alta; fulano prometeu tanto; o Sr. ——, pelo contrário, não ofereceu nem um centavo. O *Saturday Review* foi muito grosseiro. De onde extrair fundos para manter escritórios? Será que um bazar ajudaria? E que tal uma moça bonita na primeira fileira? Vejamos o que escreveu John Stuart Mill a esse respeito. Não conseguimos persuadir o editor do —— a publicar uma carta? E Lady —— a assinar? Lady —— está viajando. E foi assim, basicamente, que aconteceu, sessenta anos atrás, um esforço prodigioso, que exigiu muitas horas de trabalho. E foi só depois de uma longa batalha e de muito penar que conseguimos arrecadar trinta mil libras.[4] E é só por isso que não podemos ter vinho e perdizes e criados que carregam bandejas de prata na cabeça, ela disse. Não podemos ter sofás e quartos individuais. "O supérfluo", ela disse, citando algum livro, "fica para depois."[5]

E só de pensar no trabalho infinito de um batalhão de mulheres que, juntas, não conseguem duas mil libras, e depois de esgotarem todos os esforços só conseguem trinta mil, explodimos de raiva pela pobreza deplorável de nosso sexo. O que nossas mães estavam fazendo que não deixaram riqueza nenhuma para nós? Retocando a maquiagem? Namorando as vitrines? Tomando sol em Monte Carlo? Na cômoda havia alguns retratos. A mãe de Mary — se é que era ela na foto — pode muito bem ter sido uma doidivanas no tempo livre (teve treze filhos com um pastor de igreja), mas se foi esse o caso, seu rosto não guardou as marcas dos prazeres de uma vida alegre e despreo-

---

4 "Nos disseram que deveríamos pedir no mínimo trinta mil libras... Não é muito, considerando que essa é a única Faculdade desse tipo da Grã-Bretanha, Irlanda e nas Colônias e o quão fácil é levantar fundos imensos para as Faculdades masculinas. Mas levando em consideração a parca vontade que as pessoas têm de que as mulheres recebam de fato uma educação, é muito." Lady Stephen, *Life of Miss Emily Davies* [i.e., *Emily Davies and Girton College*]. [N.A.]

5 "Cada centavo pelo qual se batalhou foi investido no edifício, e o supérfluo foi adiado." R. Strachey, *The Cause*. [N.A.]

cupada. Tinha porte de dona de casa; era uma senhora de xale xadrez preso com um grande camafeu; estava recostada numa cadeira de vime, forçando um *cocker spaniel* a olhar para a câmera, com a expressão risonha, ainda que tensa, de quem sabe que o cachorro vai se mexer assim que o *flash* espocar. Agora, se ela tivesse se dedicado aos negócios; se tivesse se tornado uma fabricante de seda ou magnata na Bolsa de Valores; se tivesse deixado duas ou três mil libras para Fernham, nós estaríamos sentadas a nosso bel-prazer discutindo arqueologia, ou botânica, antropologia, física, a natureza do átomo, matemática, astronomia, relatividade, geografia. Bastava a Sra. Seton e sua mãe e a mãe de sua mãe terem aprendido a nobre arte de fazer dinheiro e bastava terem deixado dinheiro, como fizeram seus pais e os pais de seus pais, para criar bolsas de estudos e cátedras adequadas ao próprio sexo, bastava isso e nós talvez tivéssemos nos deleitado com um jantar bastante razoável aqui no quarto, com uma ave e alguma garrafa de vinho; e estaríamos olhando para o futuro com justificável confiança numa vida de prazer e dignidade sob o abrigo de uma das profissões generosamente favorecidas. Talvez virássemos exploradoras ou escritoras, sonhando acordadas com os recantos mais admiráveis da Terra; nos sentaríamos contemplativas nos degraus do Partenon, ou entraríamos no escritório às dez e voltaríamos tranquilamente para casa às quatro e meia, com tempo ainda para rabiscar alguns poemas. Bastava a Sra. Seton e outras mulheres de sua geração terem entrado para os negócios aos quinze, não haveria — foi então que o argumento enroscou — Mary. E o que, eu perguntei, Mary achava disso? Ali, entre as cortinas, a noite calma e agradável de outubro nos espreitava, com raras estrelas entrevistas atrás das folhas amareladas das árvores. Ela aceitaria abrir mão de sua parte e das memórias (foram, afinal, uma família feliz, embora numerosa) das brincadeiras e brigas na Escócia, que ela não cansava de elogiar pela pureza do ar e o sabor dos bolos, para que cinquenta mil libras fossem doadas a Fernham com uma canetada? O fomento a uma Faculdade implicava necessariamente a destruição definitiva das famílias. Fazer fortuna e parir treze filhos — não há ser humano que aguente. Pense nos fatos, dissemos. Primeiro, são nove meses até o nascimento do filho. Então o bebê nasce. Então vão três ou quatro meses só para alimentar o bebê. Depois de alimentado, são necessários sem dúvida cinco anos de brincadeiras com a criança. Tudo indica que não é recomendável deixá-las soltas na rua. Quem já visitou a Rússia diz que a cena não é bonita. Também se diz que a natureza do indivíduo é formada nos primeiros cinco anos de idade. Se, eu falei, se a Sra. Seton estivesse trabalhando para ganhar dinheiro, quais memórias você teria de brincadeiras e brigas? Quanto da Escócia você conheceria, do ar puro e dos bolos e de tudo mais? De nada adianta fazer essas perguntas, porque afinal você nem existiria. Além do mais, é igualmente inútil perguntar o que teria acontecido se a Sra. Seton e a mãe dela e a mãe da mãe dela tivessem reunido uma grande fortuna para depositá-la sob a fundação de uma Faculdade ou biblioteca, porque, primeiro, seria-lhes impossível ganhar dinheiro e, segundo, caso tivesse sido possível, não lhes seria permitido por lei serem donas desse dinheiro. Faz só quarenta e oito anos que a Sra. Seton pode ter um centavo para chamar de seu. Nos séculos passados, qualquer dinheiro teria sido propriedade de um marido — e essa ideia talvez fosse em parte a responsável por manter a Sra. Seton e suas mães e avós tão longe da Bolsa de Valores. Todo centavo que eu ganhar, elas teriam dito, será arrancado de mim para ser gasto de acordo com a vontade de meu marido — talvez para fundar uma associação ou financiar uma bolsa de estudos em Balliol ou Kings, então mesmo que eu pudesse ganhar meu próprio dinheiro, eu não perderia muito tempo tentando ganhar dinheiro. É melhor deixar que meu marido cuide disso.

De todo modo, coubesse ou não à senhora de olho no *cocker spaniel* essa culpa, a verdade é que por algum motivo nossas mães administraram muito mal suas vidas. Não sobrou um centavo para o "supérfluo"; para perdizes e vinho, bedéis e gramados, livros e charutos, bibliotecas e lazer. Tudo o que puderam fazer foi erguer paredes nuas numa terra vazia.

Então conversamos à janela, os olhos nas cúpulas e torres da cidade a nossos pés, como tantos fazem toda noite. Era uma bela cidade, e muito misteriosa no luar de outono. As velhas pedras eram branquíssimas e admiráveis, como os incontáveis livros que provavelmente se encontravam reunidos do lado de dentro do edifício; como os retratos de velhos prelados e sumidades, pendurados nos painéis dos quartos; e os vitrais que projetavam estranhos círculos e meias-luas na calçada; e as tábuas, os memoriais e as pedras gravadas; e as fontes e a relva; e os quartos silenciosos que dão para jardins silenciosos. E (me perdoem o pensamento) pensei também nos maravilhosos charutos e bebidas, e nas poltronas fofas e nos tapetes macios: pensei no cosmopolitismo, na afabilidade, na dignidade que nascem do luxo, da privacidade e do espaço vazio. É fato que nossas mães não nos ofereceram nada parecido com isso — nossas mães que mal conseguiam juntar trinta mil libras suadas, nossas mães que tiveram treze filhos com pastores de igrejas em St. Andrews.

Assim, voltei para o quarto onde estava hospedada e, caminhando pelas ruas escuras, refleti sobre isso e aquilo, como é comum que se faça no fim de um dia de trabalho. Perguntei-me por que a Sra. Seton não teve dinheiro para deixar para nós; e quais efeitos a pobreza tem sobre o espírito; e quais os efeitos da riqueza; e pensei naqueles velhos homens estranhos que havia visto pela manhã, com penachos nos ombros; e lembrei que eles galopavam ao som de um assobio; e pensei no som do órgão preenchendo a capela e nas portas fechadas da biblioteca; e considerei como é desagradável ser trancada do lado de fora; e imaginei que talvez fosse pior ser trancada do lado de dentro; e, comparando a segurança e prosperidade de um dos sexos com a pobreza e insegurança do outro, e, dos efeitos da tradição e da falta dela na mente de uma escritora, concluí que era hora de trocar a pele seca do dia, feita de argumentos e impressões, irritação e riso, e jogá-la pela cerca. Mil estrelas brilhavam no limpo azul do céu. A sensação era de solidão diante de uma companhia inescrutável. Todos os seres humanos dormiam — deitados, horizontais, mudos. Parecia não haver ninguém desperto em Oxbridge. A porta do hotel se abriu de repente ao toque de uma mão invisível — não havia quem me recepcionasse e iluminasse o caminho até o quarto. Era muito tarde.

Capítulo II

A cena, se puderem por gentileza me acompanhar, agora é outra. As folhas continuam caindo, mas em Londres, e não mais em Oxbridge; e peço que imaginem um quarto, igual a milhares de outros quartos, com uma janela de onde se veem chapéus alheios e ônibus e automóveis e outras janelas, e dentro desse quarto há uma página em branco com AS MULHERES E A FICÇÃO escrito em letras garrafais, e mais nada. Depois de almoçar e jantar em Oxbridge, infelizmente é inevitável que na sequência se visite o Museu Britânico. Precisamos peneirar nossas impressões e deixar decantar aquilo que é pessoal e acidental para então extrair o fluido puro, o óleo essencial da verdade. Afinal, aquele passeio em Oxbridge, com almoço e jantar, fez nascer um enxame de questionamentos. Por que os homens bebem vinho e as mulheres, água? Por que um dos sexos é tão próspero e o outro, tão pobre? Qual efeito a pobreza provoca na ficção? Quais são as condições necessárias para se criar obras de arte? — mil perguntas se insinuaram ao mesmo tempo. Mas precisamos de respostas, não de perguntas; e respostas só podem ser obtidas ao se consultar aquelas pessoas doutas e imparciais que se retiraram das contendas verbais e das confusões corporais e emitiram a conclusão de suas pesquisas e pensamentos em livros disponíveis nas prateleiras do

Museu Britânico. Se não nas prateleiras do Museu Britânico, eu me perguntei, apanhando lápis e papel, onde mais encontraremos a verdade?

Equipada, confiante e pronta para fazer perguntas, parti em busca da verdade. Não chovia, mas o dia estava carregado, e, nas ruas dos arredores do Museu, os depósitos subterrâneos de carvão estavam todos abertos, e dentro deles eram despejadas levas e mais levas de combustível; as diligências paravam e depositavam na calçada caixas amarradas que, podemos supor, continham o guarda-roupa completo de uma família suíça ou italiana em busca de refúgio ou de ganhar a vida, ou de qualquer outra comodidade desejável que há nas pensões de Bloomsbury no inverno. Os mesmos homens roucos de sempre desfilavam pelas ruas com suas plantas em carrinhos de mão. Alguns gritavam; outros, cantavam. Londres era uma fábrica. Londres era uma máquina. Somos todos arremessados de um lado para o outro nesse piso em branco até formar algum desenho. O Museu Britânico era mais um departamento da fábrica. As portas giratórias giraram; e então me vi em pé sob a imensa cúpula, como se eu fosse uma ideia em sua enorme testa calva maravilhosamente envolta por uma tiara de nomes famosos. Dirigi-me até o balcão; peguei um pedaço de papel; abri um volume do catálogo e ..... os cinco pontos aqui indicam cinco minutos inteiros de estupefação, perplexidade e espanto. Vocês fazem ideia de quantos livros sobre mulheres são escritos por ano? E quantos desses são escritos por homens? Vocês têm noção de que talvez sejam o animal mais discutido no universo? Vim aqui munida de caderno e lápis, com a intenção de passar a manhã imersa em leituras, imaginando, ao fim do dia, ter transferido a verdade para meu caderno. Mas, para lidar com tudo isso, eu precisaria ser uma manada de elefantes ou uma multidão de aranhas, pensei, recorrendo em desespero aos animais que supostamente vivem mais tempo e têm mais olhos que outros. Precisaria de garras de aço e um bico de bronze só para penetrar a casca. Como, então, encontrar um grão de verdade perdido nesses calhamaços? Eu me perguntava e, angustiada, comecei a percorrer com o olhar a longa lista de títulos. Os títulos dos livros já me deixavam inquieta. O sexo e sua natureza podem muito bem atrair médicos e biólogos; mas o mais surpreendente e difícil de explicar era o fato de que o sexo — ou seja, a mulher —, também atrai ensaístas agradáveis, romancistas ligeiros, rapazes que concluíram o mestrado; homens que não fizeram mestrado; homens que não têm outra qualificação além do fato de não serem mulheres. Alguns desses livros eram visivelmente frívolos e absurdos; mas muitos outros eram, pelo contrário, sisudos e proféticos, moralistas e exortativos. Os títulos já deixavam entrever incontáveis diretores de escola, incontáveis clérigos, montados em púlpitos e palcos, desfiando uma oratória com tamanha loquacidade que excediam em muito a hora normalmente destinada a discursos sobre esse assunto específico. Era um fenômeno dos mais estranhos; e, pelo visto — parei para consultar a letra H —, exclusividade do sexo masculino. As mulheres não escrevem livros sobre homens — fato que acolhi com alívio, porque se fosse preciso ler tudo o que os homens escreveram sobre mulheres e, em seguida, tudo o que as mulheres escreveram sobre homens, a flor da aloé, que abre uma vez a cada século, teria desabrochado duas vezes antes que eu pudesse tocar o papel com a caneta. Então, escolhi uma dúzia de volumes de maneira perfeitamente arbitrária, depositei minhas fichas na bandeja de metal e esperei sentada, ao lado das outras pessoas que buscavam o óleo essencial da verdade.

Qual seria, afinal, a razão dessa disparidade curiosa? — eu me perguntava enquanto desenhava espirais nas fichas de papel financiadas pelo cidadão britânico que paga impostos, mas não para esse fim. Por que motivo, a julgar pelo catálogo, as mulheres são assunto de maior interesse para os homens do que os homens para as mulheres? É realmente um fato curioso, e meu pensamento voou, e imaginei a vida dos homens que gastam horas escrevendo livros sobre mulheres; jovens ou velhos, casados ou solteiros, de nariz vermelho ou corcundas — independentemente do porquê, me senti levemente bajulada ao me perceber objeto de tamanha atenção, desde que ela não viesse apenas de homens inválidos e doentes — e assim fiquei com meus pensamentos, até toda essa espuma ser interrompida por uma enorme onda de livros que quebrou na praia da escrivaninha. Aqui é que complica. O estudante treinado para pesquisa em Oxbridge com certeza tem um método de pastorear seus pensamentos para longe das distrações e em direção à resposta, como ovelhas em direção à baia. O estudante ao meu lado, por exemplo, assíduo em seu trabalho de copiar um manual científico, conseguia com certeza extrair pepitas do minério essencial a cada dez minutos, mais ou menos. É isso o que seus grunhidos de satisfação davam a entender. Mas infelizmente, no caso de alguém que não passou pelo treinamento universitário, a questão, em vez de se dirigir à baia, voa como uma passarada assustada, em rasantes erráticas de um lado a outro, perseguida pelos cães. Professores, diretores, sociólogos, clérigos, romancistas, ensaístas, jornalistas, homens sem qualificação alguma além do fato de não serem mulheres, perseguiram minha pergunta, que é pura e simples — Por que as mulheres são pobres? —, até que ela se transformou em cinquenta perguntas; até que as cinquenta perguntas frenéticas se jogaram na correnteza e se deixaram levar. Cada página do meu caderno acabou afogada em rabiscos e anotações. Para demonstrar o estado de espírito em que me encontrava, vou ler algumas delas para vocês. Saibam que no alto da página pus apenas AS MULHERES E A POBREZA, em letras garrafais; mas o que vinha na sequência era algo assim:

Condições medievais das;
Costumes nas Ilhas Fiji das;
Adoradas como deusas por;

Mais fracas no sentido moral do que;
Idealização das;
Mais sensíveis que;
Ilhoas dos Mares do Sul, idade da puberdade das;
Atratividade das;
Oferecidas em sacrifício a;
Cérebros pequenos das;
Subconsciente mais profundo das;
Menor quantidade de pelos corporais das;
Inferioridade mental, moral e física das;
Amam as crianças, as;
Maior longevidade das;
Músculos mais fracos das;
Força das paixões das;
Vaidade das;
Educação superior das;
Opinião de Shakespeare a respeito das;
Opinião do Lorde Birkenhead a respeito das;
Opinião do Reitor Inge a respeito das;
Opinião de La Bruyère a respeito das;
Opinião do Dr. Johnson a respeito das;
Opinião do Sr. Oscar Browning a respeito das;...

Aqui eu realmente precisei parar, respirar e anotar na margem,
Por que Samuel Butler disse que "O homem sábio nunca revela
sua opinião sobre as mulheres?". Ao que tudo indica, os homens
sábios não falam de outro assunto. E o pior, pensei, recostando-
-me na cadeira, os olhos na vasta cúpula onde, a essa altura, eu
não passava de uma única, ainda que transtornada, ideia — o pior
é os homens sábios não chegarem todos à mesma conclusão.
Aqui, por exemplo, Alexander Pope:

A maior parte das mulheres não tem caráter nenhum.

E aqui, La Bruyère:

Les femmes sont extrêmes; elles sont meilleures ou pires que les hommes —[1]

uma contradição nítida entre os observadores mais agudos da época. As mulheres podem ou não ser educadas? Napoleão acreditava que não. Dr. Johnson pensava o contrário.[2] Elas têm alma ou não? Alguns selvagens dizem que não. Outros, pelo contrário, sustentam que as mulheres são divinas e, por isso, as adoram.[3] Segundo alguns pensadores, o cérebro das mulheres é mais raso; segundo outros, elas têm uma consciência mais profunda. Goethe lhes prestava homenagem; Mussolini as despreza. Onde quer que se busque, há homens pensando sobre mulheres, e pensando coisas diferentes. Não tem nenhum sentido, decidi, invejando o leitor ao lado que fazia resumos organizadíssimos, listados em A, B e C, enquanto meu caderno era um furor de rascunhos selvagens e anotações convulsivas. Me senti transtornada, me senti perplexa, me senti humilhada. A verdade tinha escapado por entre meus dedos, até a última gota.

Era impossível, pensei, voltar para casa e registrar que minha verdadeira contribuição à pesquisa sobre as mulheres e a ficção não passou, até agora, da descoberta de que as mulheres têm menos pelos no corpo que os homens ou que a puberdade começa aos nove — ou será noventa? — anos entre as ilhoas do

1 "As mulheres são extremas; são melhores ou piores que os homens", em francês no original. [N.T.]

2 "'Os homens sabem que não são páreos para as mulheres e, por isso, escolhem as mais frágeis e ignorantes. Se não fosse assim, eles jamais temeriam que elas soubessem tanto quanto eles'... Para fazer justiça ao sexo feminino, devo pelo menos admitir que, numa conversa posterior, ele me disse que tinha falado a verdade." Boswell, *The Journal of a Tour to the Hebrides*. [N.A.]

3 "Os antigos alemães acreditavam que as mulheres tinham algo de sagrado e, por isso, as consultavam como se fossem oráculos." Frazer, *The Golden Bough*. [N.A.]

Mar do Sul. Mesmo a caligrafia estava ilegível, de tão perturbada. Era vergonhoso, depois de uma manhã inteira de trabalho, não ter nada de mais sólido ou digno a oferecer. E como, no passado, não fui capaz de apanhar a verdade sobre as M. (que foi como comecei a me referir a elas, para ser mais sucinta), por que então deveria me inquietar com as M. no futuro? Parecia uma grande perda de tempo consultar todos aqueles senhores, numerosos e cultos, que se especializam em mulheres e em qualquer influência que elas possam ter sobre a política, as crianças, os salários, a moral. Podíamos simplesmente deixar esses livros fechados.

Mas enquanto eu refletia, a distração e o desespero me levaram a criar uma imagem inconsciente, quando o que eu deveria ter feito era chegar a uma conclusão, à maneira do meu vizinho. Eu havia desenhado um rosto, uma silhueta. Era o rosto e a silhueta do Professor Von X., imerso na escrita de sua monumental obra intitulada *A inferioridade mental, moral e física do sexo feminino*. No retrato, ele não era um homem atraente para as mulheres. Era gordo; tinha papada; ainda por cima, os olhos eram minúsculos; o rosto muito vermelho. Sua expressão sugeria que trabalhava sob o peso de uma emoção que o fazia atacar o papel com a caneta, como se fosse matar um inseto venenoso enquanto escrevia, mas nem esse ato seria suficiente para satisfazê-lo; era preciso continuar matando; e mesmo depois disso, ele ainda teria motivos para sentir raiva e irritação. O problema é sua esposa?, perguntei ao desenho. Será que ela se apaixonou pelo oficial da cavalaria? Será que ele é um homem magro e elegante vestindo astracã? Ou será que, para adotar a teoria freudiana, alguma menina bonita riu dele no berço? Porque nem no berço, eu pensei, o professor teria sido uma criança bonita. Qualquer que fosse o motivo, meu desenho fazia dele um homem muito raivoso e muito feio, que escrevia seu grande livro a respeito da inferioridade mental, moral e física das mulheres. Desenhar era uma maneira preguiçosa de terminar um dia inútil de trabalho. E, no entanto, é na indolência, nos sonhos, que muitas vezes a verdade submersa alcança a superfície. Um exercício de psicologia bastante elementar, que nem sequer merece o nome de psicanálise, me mostrou, ao olhar para meu caderno, que o rascunho do professor raivoso era também fruto da raiva. Era a raiva que tinha apanhado meu lápis enquanto eu sonhava. Mas o que ela veio fazer aqui? O interesse, a confusão, o tédio — eu conseguia traçar e nomear todas essas emoções à medida que foram aparecendo no decorrer da manhã. E no meio delas, então, se escondia a raiva, aquela serpente negra? Sim, disse o rascunho, era ela à espreita. Lembrei imediatamente de um livro específico, de uma frase específica, que havia despertado o demônio; era a afirmação do professor a respeito da inferioridade mental, moral e física das mulheres. Meu coração parou. Minhas bochechas queimaram. Fiquei vermelha de raiva. Até aí, nada de novo, nem de muito grave. Não gostamos de ser informadas que somos naturalmente inferiores a qualquer homenzinho — olhei para o estudante ao lado — de respiração pesada, gravatinha barata e com a barba por fazer há duas semanas. É normal ter um pouquinho de vaidade. É da natureza humana, pensei, e voltei a desenhar círculos e espirais até cobrir o rosto furioso do professor e ele acabar parecendo um arbusto em chamas ou um cometa flamejante — ou algo do tipo, uma aparição sem feições humanas nem significado. O professor não passava de um galho em brasa no alto de Hampstead Heath. Em pouco tempo, minha raiva foi explicada e desfeita; mas a curiosidade ficou. Como explicar a raiva dos professores? Por que sentiam raiva? A verdade é que quando analisamos a impressão que esses livros deixam em nós, tem sempre algum fogo na mistura. É um calor que assume muitas formas; sátira, sentimentalismo, curiosidade, reprimenda. Mas havia outro elemento ainda, que não se deixava identificar de primeira. Chamei de raiva. Mas era uma raiva que se escondia no subterrâneo, que se misturava a muitas outras emoções. A julgar pelos efeitos estranhos que provocava, não era uma raiva declarada e honesta, e sim uma raiva disfarçada e complicada.

Por alguma razão, nenhum desses livros serve a meus propósitos, pensei, enquanto vasculhava a pilha sobre a escrivaninha. Não têm, digamos, valor científico, embora sejam instrutivos, interessantes, tediosos e repletos de fatos peculiares sobre os hábitos das moradoras das Ilhas Fiji. Foram escritos sob a luz vermelha da emoção, não sob a luz branca da verdade. Devem, então, ser devolvidos ao balcão central e reintegrados às suas células nessa enorme colmeia. De uma manhã inteira de trabalho, recolhi apenas o fato único da raiva. Os professores — juntei todos eles — estão com raiva. Mas por que, eu me perguntava, devolvendo cada um dos livros, por que, eu repetia, parada sob a colunata em meio a pombas e canoas pré-históricas, por que eles sentem essa raiva? E, ainda me perguntando, saí distraída em busca de algum lugar para almoçar. Qual é a verdadeira natureza, me perguntei, disso que por enquanto estou chamado de raiva? Esse era um quebra-cabeça que, até ser resolvido, levaria o mesmo tempo que um prato para chegar à mesa de num pequeno restaurante nos arredores do Museu Britânico. Na mesa onde sentei, estivera antes um cliente que esquecera sua edição do jornal da manhã do dia anterior e, enquanto eu esperava, meus olhos passearam pelas manchetes. Uma chamada em letras grandes enfeitava a página. Fulano teve uma pontuação altíssima na África do Sul. Manchetes menores anunciavam a presença de Sir Austen Chamberlain em Genebra. Um machadinho de cortar carne foi encontrado num porão com fios de cabelo humanos. O Sr. Justice ——— comentou, nos Tribunais de Divórcio, a Pouca Vergonha das Mulheres. A página era uma constelação de manchetes variadas. Uma atriz de cinema foi dependurada no cume de uma montanha na Califórnia e a deixaram suspensa no ar. A previsão é de tempo fechado. Até mesmo o turista mais fugaz que pousasse neste planeta e pegasse esse jornal, pensei, seria capaz de concluir, só com esses fragmentos, que a Inglaterra vive sob regime patriarcal. Qualquer criatura sã é capaz de detectar o domínio do professor. São dele o poder, o dinheiro e a influência. É ele o dono, o editor e o sub-editor do jornal. Ele é o Secretário de Relações Exteriores e o Juiz. Ele é o jogador de críquete; são dele os cavalos de corrida e os iates. Ele é o diretor da companhia que paga duzentos por cento aos acionistas. Ele doou milhões aos pobres e a Faculdades que ele mesmo dirige. Foi ele quem dependurou a atriz do alto da montanha. Ele vai decidir se o cabelo encontrado no machado é humano; é ele quem vai absolver ou condenar o assassino, mandá-lo à forca ou libertá-lo. A única coisa que ele parecia não controlar era o tempo fechado. E, no entanto, ele está com raiva. E percebi a raiva pelo seguinte: quando li o que ele escreveu sobre as mulheres, não pensei no que era dito, e sim em quem dizia. Quando debatemos sem paixão, temos apenas os argumentos em mente; e é nos argumentos que nós somos levados a pensar quando lemos. Se ele tivesse escrito sobre as mulheres sem paixão, se tivesse trazido à tona provas indubitáveis para construir o argumento, se não tivesse deixado à mostra o desejo de que o resultado fosse um, e não outro, não teria provocado raiva em quem o lê. É um fato que precisa ser aceito, como é preciso aceitar que ervilhas são verdes e canários, amarelos. É assim mesmo, eu devia ter dito. Mas fiquei com raiva, porque ele estava com raiva. E, no entanto, parece absurdo, pensei, folheando o jornal do dia anterior, que um homem com tanto poder sinta tanta raiva. Ou será que a raiva não é o espectro que acompanha o poder, um encosto? Os ricos, por exemplo, costumam ter raiva porque suspeitam que os pobres querem roubar seu dinheiro. Os professores, ou melhor dizendo, os patriarcas, talvez sintam raiva em parte pela mesma razão, em parte por outra mais oculta. Talvez não estivessem exatamente com "raiva"; aliás, muitos deles talvez tivessem vidas íntimas exemplares, sendo homens devotos e benfeitores. É possível que, quando insistia tanto na inferioridade das mulheres, o professor não estivesse preocupado com a inferioridade delas, mas com a própria superioridade. Era isso o que queria proteger, talvez com excesso de garra, com muita ênfase, porque era uma de suas joias mais valiosas. Para ambos os sexos — encarei-os, caminhando lado a lado na calçada — a vida é árdua, difícil, um sofrimento sem fim. Exige coragem e força gigantescas. E como somos todos filhos da ilusão, quem sabe o mais importante não seja confiar em si mesmo? Sem auto-confiança, não começamos nem a engatinhar. Qual é, então, o jeito mais rápido de gerar essa qualidade imponderável e, ao mesmo tempo, inestimável? É só pensar na inferioridade alheia. É só se comparar aos outros e sentir uma superioridade inata — por ter mais dinheiro, status, o nariz mais reto ou um retrato do avô pintado por Romney —, ou qualquer outro dos infinitos mecanismos patéticos de opressão da imagina-ção humana. Daí vem a enorme importância dada pelo pa-triarca — aquele que precisa conquistar e precisa governar — à sensação de que grande parcela das pessoas, aliás, metade da raça humana, é naturalmente inferior a ele. Deve ser uma de suas principais fontes de poder. Mas e se eu voltar o foco dessa percepção para a vida real? Ajudaria a decifrar algum quebra-cabeça psicológico, desses que a gente percebe à mar-gem do cotidiano? E a explicar minha surpresa quando, outro dia, Z, o mais gentil e humilde dos homens, pegou um livro de Rebecca West, leu por acaso uma passagem e deixou esca-par, "Que feminista metida! Ela diz que os homens são uns esnobes!". Isso que ele deixou escapar, e que para mim foi uma surpresa — por que razão a senhorita West era uma feminista metida? Só por fazer uma afirmação verdadeira, em vez de um elogio ao sexo oposto? —, não foi o simples lamento de uma vaidade ferida; foi um protesto por ter seu poder de acre-ditar em si mesmo violado. Ao longo dos séculos, as mulheres têm servido de espelhos mágicos capazes de realizar o deli-cioso feitiço de refletir a figura masculina em tamanho am-pliado. Sem essa magia, a Terra talvez não passasse de pântano e selva. A glória de nossas guerras seria desconhecida. E ainda estaríamos rabiscando o contorno de um veado nas sobras de um osso de carneiro e trocando pedra lascada por couro de ovelha ou qualquer outro penduricalho rústico que agradasse nosso gosto primitivo. O *Übermensch* e *Dedos do destino* nunca teriam existido. O czar e o cáiser jamais teriam usado suas coroas e tampouco as teriam perdido. Para além de sua utilidade na civilização, os espelhos são essenciais em qualquer ação violenta ou heroica. É por isso que tanto Napoleão como Mussolini insistiram tanto na tese de que a mulher é inferior, porque se ela não fosse, eles deixariam de crescer. É isso o que em parte explica a necessidade que os homens têm das mulheres. E explica por que ficam tão inconformados quando são criticados por elas; e por que é impossível a uma mulher dizer que esse livro é ruim, aquela pintura é fraca, sem causar um estorvo maior e uma raiva maior do que se um homem dissesse o mesmo. Se a mulher começa a dizer uma verdade, a figura no espelho míngua; sua vitalidade murcha. Como o homem vai seguir professando suas opiniões, civilizando os selvagens, promulgando leis, escrevendo livros, se emperiquitando para palestrar em festas, se ao acordar e antes de dormir ele não puder se ver pelo menos duas vezes maior do que é? Assim refleti, esfarelando meu pedaço de pão e mexendo o café enquanto olhava de vez em quando para as pessoas na calçada. A visão que temos no espelho é de primeira importância porque revitaliza; serve de estímulo ao sistema nervoso. Sem ela, o homem pode até morrer, como o viciado quando é privado de cocaína. É sob esse feitiço, essa ilusão, pensei, olhando para fora, que metade dessas pessoas caminha em direção ao trabalho. É sob os raios dessa luz agradável que eles vestem chapéu e casaco pela manhã. Começam o dia confiantes, preparados, crentes de que são bem-vindos na casa da senhorita Smith para o chá da tarde; quando chegam num lugar, dizem para si, sou melhor que metade das pessoas aqui, e é por isso que falam com aquela confiança e segurança que marcam tão profundamente a esfera pública e levam a observações curiosas na margem dos pensamentos íntimos.

Mas essas contribuições ao tema fascinante e perigoso da psicologia do sexo oposto — algo que, espero, vocês também vão poder investigar quando cada uma aqui tiver quinhentas libras por ano — foram interrompidas pela necessidade de fechar a conta. Cinco *shillings* e nove *pence*. Dei uma nota de dez *shillings* ao garçom, e ele foi buscar o troco. Na minha carteira, havia outra nota de dez *shillings*; foi algo que notei porque é um fato que até hoje me deixa perplexa: a capacidade da minha carteira de gerar notas de dez *shillings*. É só abri-la e constatar. A sociedade me oferece frango e café, cama e abrigo, desde que eu entregue uma certa quantidade de papeizinhos que uma tia deixou para mim pelo simples motivo de termos o mesmo sobrenome.

Preciso contar que essa minha tia, Mary Beton, morreu ao cair do cavalo num passeio em Mumbai. Soube de minha herança numa noite, mais ou menos na mesma hora em que se promulgou a lei do sufrágio feminino. A carta do advogado caiu na caixa postal e quando a abri, soube que ela me havia legado quinhentas libras por ano para todo o sempre. Entre os dois — o voto e o dinheiro — confesso que o dinheiro me pareceu mil vezes mais importante. Até então, eu custeara minha vida com as migalhas oferecidas pelos jornais, com reportagens sobre uma feira de burros de carga ou um casamento de fulano com fulana; consegui algum trocado escrevendo endereços em envelopes, lendo para senhoras, confeccionando flores artificiais, ou ensinando o alfabeto para crianças no jardim de infância. Eram essas as principais ocupações disponíveis às mulheres antes de 1918. Não preciso me demorar nas descrições de como eram desgastantes esses trabalhos, porque vocês provavelmente conhecem outras mulheres que já os fizeram; tampouco devo discutir como era difícil pagar as próprias contas com esse dinheiro, porque é possível que vocês já tenham tentado fazer o mesmo. Mas o que guardo até hoje como consequência ainda pior é o veneno do medo e da amargura que aqueles dias injetaram em mim. Primeiro, porque o trabalho que se tinha para fazer era sempre do tipo que não eu não queria fazer e então era preciso trabalhar como uma escrava, com adulações e reverências que talvez não fossem necessárias, mas que pareciam necessárias, e o que estava em jogo era grande demais para eu arriscar; e, em segundo lugar, havia a ideia de que era preciso esconder esse meu dom — um dom pequeno, mas precioso para quem o tem —, sendo que escondê-lo era como morrer, e à medida que ele ia sumindo, eu também ia, com minha alma, e tudo se transformava numa ferrugem que corrói as flores em plena primavera, que mata o coração da árvore. No entanto, como disse, minha tia morreu; e toda vez que dou uma nota de dez *shillings*, estou limpando um pouco dessa ferrugem e corrosão; elimino o medo e a amargura. De fato, pensei, enquanto colocava as moedas na bolsa, como é incrível perceber a mudança que uma renda estável é capaz de promover, em comparação com a amargura do passado. Não há poder no mundo que me tire essas minhas quinhentas libras. Tenho comida, casa e roupas para todo o sempre. Não significa apenas o fim do esforço e do trabalho, mas do ódio e da amargura. Não tenho por que odiar os homens; não há homem no mundo que possa me fazer mal. Não tenho por que bajular os homens; não há nada que um homem possa me oferecer. E foi assim que, sem me dar conta, passei a adotar uma nova atitude em relação à outra metade da raça humana. Tornou-se absurdo culpar qualquer classe ou sexo como um todo. As grandes comunidades humanas não são responsáveis pelo que fazem. São guiadas por instintos que fogem ao próprio controle. Eles também, os patriarcas, os professores, têm suas dificuldades intermináveis, seus obstáculos para vencer. De certa maneira, a educação que receberam foi tão falha quanto a minha. Gerou neles falhas tão grandes quanto as minhas. É verdade que eles têm dinheiro e poder, mas o preço que pagam é o de ter uma águia no peito, um abutre, que está sempre ali para rasgar-lhes o fígado e bicar--lhes o pulmão — é o instinto de possuir, a fúria aquisitiva que os leva a ansiar eternamente pelas terras e bens alheios; a demarcar fronteiras e içar bandeiras; a fazer navios de guerra e armas químicas; a oferecer a própria vida e a de seus filhos em sacrifício. Caminhe pelo Arco do Almirantado, em Londres (era onde eu estava, diante do monumento), ou por qualquer outra avenida dedicada a troféus e canhões, e medite sobre o tipo de glória que é celebrada. Ou senão observe, num dia de primavera, um corretor da Bolsa ou um grande advogado chegando ao escritório para ganhar mais e mais e mais dinheiro, quando quinhentas libras bastariam para qualquer um ter uma boa vida — e isto é um fato. Esses não são instintos agradáveis de se cultivar, pensei. Eles nascem das condições da vida; da falta de civilização, pensei, de olho fixo na estátua do Duque de Cambridge, e sobretudo nas plumas de seu chapéu tricórnio, firmes como nunca haviam sido. E, à medida que pensava nesses obstáculos, o medo e a amargura foram pouco a pouco se convertendo em tolerância e pena; e passados um ou dois anos, a tolerância e a pena se foram, e veio a maior libertação de todas, que é a possibilidade de pensar nas coisas tal como são. Aquele edifício, por exemplo, me agrada ou desagrada? Esse quadro é bom ou não? Na minha opinião, tal livro é bom ou ruim? A verdade é que a herança de minha tia dissipou as nuvens, e no lugar da figura imponente e espaçosa de um senhor, que Milton me sugeria adorar por todos os tempos, passei a ter a visão de um céu aberto.

E assim fui pensando e especulando até topar com o caminho de volta para minha casa à beira-rio. Estavam acendendo as luzes, e uma mudança indescritível ocorrera em Londres desde a manhã. Era como se, depois do esforço de todo o dia, e com nossa ajuda, a grande máquina tivesse confeccionado uns poucos metros de alguma coisa apaixonante e bela — um tecido em brasa, de olhos vermelhos incandescentes, um monstro castanho de hálito quente, rugindo. Até o vento parecia bater como uma bandeira contra as casas, e fazia tremer os tapumes.

Na minha ruazinha, porém, tudo era manso. O pintor de paredes descia a escada; a babá empurrava o carrinho de bebê com carinho e entrava e saía para buscar o chá no quarto da criança; o entregador de carvão dobrava os sacos vazios uns sobre os outros; a quitandeira fazia o balanço do caixa, com as mãos enfiadas em luvas vermelhas. Mas o problema que vocês me puseram nos ombros pesava tanto que eu nem sequer consegui olhar para essas cenas cotidianas sem que elas se encontrassem num mesmo ponto. Pensei que, hoje, diferentemente do século passado, é mais difícil dizer qual desses trabalhos é o mais nobre, qual o mais necessário. O que vale mais: ser entregador de carvão ou babá? A diarista que criou oito filhos tem menos valor para o mundo do que o advogado que juntou cem mil libras? São perguntas inúteis; não há quem as responda. O valor comparado da diarista e do advogado aumenta ou diminui de acordo com a década, e não há régua possível para compará-los mesmo fixados no tempo. Tinha sido uma bobagem pedir ao professor "provas irrefutáveis" disso ou daquilo em seus argumentos sobre as mulheres. Ainda que fosse possível constatar o valor do talento de alguém, seria provisório; é bem provável que daqui a cem anos esse valor seja completamente outro. Além disso, pensei, quando cheguei na porta de casa, daqui a cem anos, as mulheres não serão mais o sexo protegido. Faz sentido imaginar que elas vão participar de todas as atividades e empregos dos quais já foram barradas. A babá vai trazer o carvão. A quitandeira vai dirigir um automóvel. Todas as nossas conclusões depreendidas de fatos observados enquanto as mulheres ainda são o sexo protegido terão perdido o sentido — como, por exemplo (agora um pelotão de soldados marcha pela rua), a ideia de que as mulheres e os clérigos e os jardineiros vivem mais. Sem essa proteção, elas estarão expostas aos mesmos empregos e atividades, serão soldadas e marinheiras e motoristas e trabalhadoras dos portos, e então vão morrer tão mais depressa do que hoje, tão mais jovens, que os homens um dia vão dizer "hoje vi uma mulher" como quem dizia "hoje vi um avião". Quando o simples fato de existir enquanto mulher não for mais uma ocupação protegida, pensei, qualquer cenário será plausível, e abri a porta. Mas o que tudo isso tem a ver com o tema do meu ensaio, as mulheres e a ficção?, perguntei, e entrei em casa.

Capítulo III

Foi frustrante chegar ao fim do dia sem levar para casa uma só afirmação importante, um fato autêntico. As mulheres são mais pobres que os homens por — isso ou aquilo. Talvez fosse melhor abandonar de uma vez por todas a busca da verdade, quando o que se recebe é uma avalanche de opiniões quentes como lava, turvas como água de louça lavada. É melhor fechar as cortinas; deixar as distrações de fora; acender a luz; diminuir o escopo da pesquisa e perguntar ao historiador, que afinal registra fatos, e não opiniões, em que condições as mulheres viveram, não em todos os períodos da história, mas num lugar e período específicos, por exemplo, a Inglaterra elizabetana.

É um enigma infinito o fato de que nenhuma mulher tenha escrito uma palavra sequer daquela literatura extraordinária, enquanto praticamente todo homem, ao que parece, sabia compor pelo menos um soneto ou canção. Quais eram, perguntei-me, as condições de vida das mulheres? A ficção é um trabalho essencialmente imaginativo, não cai como uma pedra no chão, o que às vezes acontece na ciência; a ficção é como uma teia de aranha, atada à vida pelas quatro pontas; definitivamente atada, ainda que com sutileza. A ligação pode ser quase imperceptível; as peças de Shakespeare, por exemplo, parecem suspensas no alto, completas em sua autoconstrução. Mas basta a teia enganchar numa das pontas ou ser rasgada ao meio, e lembramos que essas teias não foram tecidas no ar por seres incorpóreos, mas são fruto do trabalho de seres humanos que sofrem, e se sustentam em coisas brutalmente materiais como a saúde, o dinheiro e a casa onde moram.

Por isso, dirigi-me à estante dos livros de história e peguei um dos volumes mais recentes, o *História da Inglaterra*, do Professor Trevelyan. Mais uma vez, pesquisei por Mulher, e encontrei "a posição das" e abri na página indicada. "O açoitamento das esposas", eu li, "era um direito legítimo de todo marido e praticado sem pudor em todas as classes, da mais alta à mais baixa...". "De modo semelhante", continuou o historiador, "a filha que recusasse o casamento arranjado pelos pais estava sujeita a ser trancafiada, açoitada e jogada contra as paredes, sem que a opinião pública se escandalizasse. O casamento não era uma questão de afeição pessoal, mas de interesse econômico familiar, sobretudo na classe mais alta e 'cortês'... Era comum os noivos serem prometidos quando um, ou os dois, ainda estava no berço e, mal deixasse os cuidados da ama, era hora de se casar". Estamos em 1470, pouco depois da época de Chaucer. A referência seguinte à posição das mulheres vem cerca de duzentos anos mais tarde, na época dos Stuart. "Era ainda um privilégio das mulheres das classes média e alta escolher com quem casar e, quando um marido lhes era designado, passava a ser seu mestre e senhor, até onde era permitido pela lei e pelo costume." "No entanto", conclui o professor Trevelyan, "as mulheres de Shakespeare, bem como as dos livros de memórias escritos no século XVII, como os de Verney e Hutchinson, certamente têm gênio forte e personalidade." Certamente uma análise deixará evidente que Cleópatra sabia conseguir as coisas à sua maneira; que Lady Macbeth, ao que tudo indica, era dona de suas vontades; que Rosalind, podemos supor, tinha um quê de sedutora. O que o professor Trevelyan diz, quando afirma que as mulheres de Shakespeare têm gênio forte e personalidade, não é nada mais que a verdade. Não sendo historiadoras, nós podemos ir até mesmo além e dizer que nas obras de todos os poetas desde o início dos tempos as mulheres sempre brilharam como um farol — Clitemnestra, Antígona, Cleópatra, Lady Macbeth, Fedra, Créssida, Rosalind, Desdêmona, a Duquesa de Malfi, no drama; na prosa: Millamant, Clarissa, Becky Sharp, Anna Kariênina, Emma Bovary, Madame de Guermantes — os nomes pululam, e não são de mulheres desprovidas de "gênio forte e personalidade". De fato, se as mulheres só existissem na ficção escrita por homens, seria o caso de se pensar que elas são de suma importância; são muito múltiplas; heroicas e más; esplêndidas e estúpidas; infinitamente belas e extremamente horrendas; tão grandes quanto qualquer homem ou mais.[1] Mas esta é a mulher na ficção. Na realidade, como indica o professor Trevelyan, ela era trancafiada, açoitada e jogada contra as paredes.

Surge, então, um ser misto muito estranho. Para a imaginação, ela é de suma importância; e insignificante na prática. Está presente em toda a poesia, do começo ao fim, mas quase não a vemos na história. É o centro da vida dos reis e guerreiros na ficção; na realidade, virava escrava de qualquer garoto

---

1 "Resta o fato estranho e quase impossível de explicar que, em Atenas, onde as mulheres eram reprimidas de maneira praticamente oriental, como odaliscas ou servas, os palcos tenham produzido figuras como Clitemnestra e Cassandra, Atossa e Antígona, Fedra e Medeia, e tantas outras heroínas que roubam a cena em peças e mais peças do 'misógino' Eurípedes. Mas o paradoxo desse mundo em que, na prática, uma mulher respeitável mal podia mostrar o rosto em público, enquanto no palco ela era igual ou superior aos homens, jamais se justificou. Na tragédia moderna, a mesma predominância se mantém. De qualquer forma, basta uma verificação rápida da obra de Shakespeare (ou de Webster, embora não seja o caso de Marlowe nem Jonson) para revelar essa dominância, essa força de ação das mulheres, de Rosalind a Lady Macbeth. O mesmo vale para Racine; seis de suas tragédias levam o nome da protagonista; e qual de seus personagens masculinos estaria à altura de Hermione ou Andrômaca, Berenice ou Roxane, Fedra e Atália? O mesmo vale para Ibsen: qual homem poderia se igualar a Solveig e Nora, Heda e Hilda Wangel e Rebecca West?", F. L. Lucas, *Tragedy*, pp. 114-15. [N. A.]

cujos pais lhe metessem um anel no dedo. São dos lábios dela que emanam muitas das palavras mais inspiradas, muitas das ideias mais profundas da literatura; na vida real, porém, ela era praticamente analfabeta e pertencia ao marido.

É um monstro estrambótico que surge quando se lê primeiro os historiadores e, só depois, os poetas — uma minhoca com asas de águia; o espírito da beleza e da vida picando sebo na cozinha. Por mais divertidos que sejam para a imaginação, esses monstros não existem de fato. Para trazê-lo à vida, foi preciso pensar ao mesmo tempo em poesia e prosa, sem perder de vista o fato — de que ela é a Sra. Martin, trinta e seis anos, vestindo azul, usando chapéu preto e sapatos marrons —, e sem deixar escapar a ficção — de que ela é um receptáculo para todo tipo de espírito e força que a iluminam e atravessam perpetuamente. No instante, porém, em que se tenta aplicar esse método às mulheres elizabetanas, o entendimento desmorona; a falta de fatos nos bloqueia o caminho. Não conhecemos os detalhes, não sabemos nada de concreto e verdadeiro a seu respeito. Ela quase não é mencionada na história. E, mais uma vez, volto ao professor Trevelyan em busca do que a história significa para ele. Pelos títulos dos capítulos, vi que essa ciência trata de:

"A Corte Senhorial e os Métodos de Agricultura em Campo Aberto... Os Cistercenses e o Pastoreio de Ovelhas. As Cruzadas... A Universidade... A Câmara dos Comuns... A Guerra dos Cem Anos... A Guerra das Rosas... Os Filósofos Renascentistas... A Dissolução dos Mosteiros... As Lutas Agrárias e Religiosas... A Origem do Poder Naval Britânico... A Invencível Armada...", e por aí vai. Às vezes, uma mulher é mencionada individualmente, uma Rainha Elizabeth ou Mary; ou alguma nobre importante. Mas seria impossível para uma mulher de classe média, senhora de nada mais que um cérebro e uma personalidade, tomar parte num dos grandes movimentos que, reunidos, compõem a visão do historiador a respeito do passado. Tampouco a encontraremos numa coletânea de perfis biográficos. A mulher quase não aparece em Aubrey. Ela nunca escreve sobre a própria vida e raras vezes mantém um diário; sobrou apenas um punhado de cartas de sua autoria. Ela não deixou peças nem poemas pelos quais podemos julgá-la. O que falta, pensei — e bem podia aparecer alguma aluna brilhante em Newnham ou Girton para suprir essa lacuna — é uma quantidade maciça de informação; quantos anos tinha quando se casou; quantos filhos se esperava que ela tivesse; como era sua casa; se tinha um quarto só para ela; ela cozinhava; deveria ter uma criada? Todos esses fatos estão em algum lugar, provavelmente nos registros de paróquias e livros de contabilidade; a vida da mulher elizabetana média está espalhada em vários cantos, bastaria coletá-la e fazer um livro. Não sonho com a ousadia de sugerir aos alunos dessas Faculdades famosas que reescrevam a história, pensei, de olho nas ausências nas estantes, embora eu reconheça que, na situação atual, essa disciplina guarde algo de esquisito, irreal e manco; então por que não lhe acrescentar um suplemento? nomeando-o com um título discreto, de modo que as mulheres possam comparecer sem cometer uma indecência? Afinal, elas já aparecem de relance nas vidas dos grandes homens, camuflando-se na paisagem, disfarçando o que parece ser uma piscadela, uma risada, talvez uma lágrima. E além disso, já temos biografias de sobra de Jane Austen; e ninguém mais precisa discutir a influência das tragédias de Joanna Baillie na poesia de Edgar Allan Poe; pessoalmente, não me importaria se os lugares onde Mary Russell Mitford morou e frequentou fossem fechados para o público pelos próximos cem anos. Mas o que deploro, continuei, voltando à busca nas estantes mais uma vez, é não sabermos nada sobre as mulheres que viveram antes do século XVIII. Não encontro um só modelo mental para revirar o assunto. Estou aqui perguntando por que as mulheres não escreviam poesia na época elizabetana e não sei ao certo como eram educadas; se aprendiam ou não a escrever; se tinham um quarto só para elas; quantas eram mães antes de completarem vinte e um anos; o que, enfim, faziam das oito da manhã às oito da noite. É evidente que não tinham dinheiro; segundo o professor Trevelyan, elas não tinham outra opção a não ser casar assim que fossem maduras o bastante para deixar o quarto das crianças, aos quinze ou dezesseis, o mais tardar. Com base nisso, seria singularmente raro que uma delas chegasse a escrever as peças de Shakespeare, concluí, e pensei naquele velho senhor, já morto, que acredito ter sido um bispo e que declarou ser impossível a qualquer mulher do passado, presente ou futuro ter a genialidade de Shakespeare. Ele proclamou essa sua verdade nos jornais. Perguntado por uma senhora a respeito do lugar dos gatos no céu, respondeu que embora eles tenham uma espécie de alma, não ganham o paraíso. Quanta energia mental esses velhos senhores gastaram para nos salvar! Como as fronteiras da ignorância recuaram diante deles! Os gatos não vão para o céu. As mulheres não conseguem escrever uma peça de Shakespeare.

Seja como for, não pude deixar de pensar, de olho nos livros de Shakespeare na estante, que nesse quesito o bispo estava certo; seria completa e absolutamente impossível que qualquer mulher na época de Shakespeare escrevesse uma peça de Shakespeare. Já que os fatos são escassos, permitam-me imaginar o que teria acontecido se Shakespeare tivesse tido uma irmã maravilhosamente talentosa chamada, vamos dizer, Judith. É bem possível que o próprio Shakespeare — já que sua mãe era herdeira — tenha frequentado a escola secundária, onde pode talvez ter aprendido latim — Ovídio, Virgílio, Horácio — e os fundamentos da gramática e da lógica. É também sabido que ele foi um menino selvagem, caçador de coelhos, e que talvez tenha atirado num cervo, e casou um pouco cedo demais com uma mulher da vizinhança, e ela lhe gerou um filho um pouco rápido demais para estar acima de qualquer suspeita. A aventura o levou a buscar fortuna em Londres. Tudo indica que ele tinha uma queda pelo teatro; começou do lado de fora da porta de entrada, segurando cavalos. Sem demora, conseguiu um trabalho dentro do teatro, e fez sucesso como ator, e viveu no centro do universo, em contato com o mundo inteiro, conhecendo quem é quem, dando vazão à sua arte no palco e expressão à sua graça nas ruas, e com acesso até mesmo ao palácio da rainha. Enquanto isso, sua irmã, de talento extraordinário, vamos supor, permanecia em casa. Ela era dotada do mesmo pendor para a aventura, era imaginativa e ansiava tanto quanto o irmão por conhecer o mundo. Mas não frequentou escola. Não teve onde aprender gramática e lógica, muito menos onde ler Horácio e Virgílio. Às vezes acontecia de apanhar um livro, talvez do irmão, e folheá-lo. Mas logo vinham seus pais, dizendo para ela remendar uma meia, ou cuidar do cozido, e parar de sonhar acordada com livros e papéis. Eles falariam com assertividade e ternura, porque eram pessoas afortunadas e entendiam a condição de vida das mulheres e amavam a filha — aliás, o mais provável é que fosse a menina dos olhos do pai. Ela talvez se escondesse no sótão, em meio às maçãs, para rascunhar uns versos, que depois trataria de esconder ou queimar. Em pouco tempo, porém, ela estaria crescida e seria prometida ao filho do vendedor de lã. Ela protestou contra o casamento, que considerava detestável, e por causa disso tomou uma tremenda surra do pai. Então o pai suspendeu o castigo. Ele implorou para que ela não o ofendesse, não o envergonhasse nesse assunto de casamento. Disse que iria lhe dar de presente um rosário ou uma linda anágua; e seus olhos marejaram. Como desobedecer? Como partir o coração do pai? A força de seu próprio dom a convenceu do que fazer. Juntou os pertences numa trouxa e desceu por uma corda numa noite de verão e pôs-se a caminho de Londres. Ainda não tinha completado dezessete anos. Os pássaros cantando nas árvores eram tão musicais quanto ela. Seu espírito, como o do irmão, era muito vivo, capaz de apreciar o som das palavras. Tinha, como ele, gosto pelo teatro. Parou diante do palco; disse que queria atuar. Os homens riram. O diretor — um homem corpulento e sem papas na língua — gargalhou. Ele gritou algo sobre *poodles* que dançam e mulheres que atuam — é impossível, acrescentou, uma mulher ser atriz.

E deu a entender — vocês bem sabem o quê. Ela não teria como aprender o ofício. E depois, teria como sair para jantar numa taverna ou vagar pelas ruas à meia-noite? Mas a moça tinha talento para a ficção; o que mais queria era se empanturrar de vidas alheias, de homens e mulheres, absorver seus modos. Finalmente — porque era muito jovem e seu rosto era estranhamente parecido com o do irmão, os mesmos olhos cinzentos e sobrancelhas arredondadas —, finalmente o ator-diretor Nick Greene se compadeceu da situação; ela se descobriu grávida desse homem honesto e, então — quem poderá medir o calor e a violência de um coração de poeta contido e amarrado no corpo de uma mulher? — se matou numa noite de inverno, e hoje está enterrada sob um cruzamento onde há um ponto de ônibus em frente ao Elephant and Castle.[2]

Seria mais ou menos esse o desenrolar da história, acho, se uma mulher da época de Shakespeare tivesse o talento de Shakespeare. Pessoalmente, concordo com o falecido bispo, se é que já morreu — é impensável que uma contemporânea sua tivesse o mesmo talento. Porque é um talento que não cresce em meio a gente servil, trabalhadora, sem educação. Não surgiu na Inglaterra dos saxões e bretões. Ainda não surgiu nos dias de hoje, na classe operária. Como, então, haveria de surgir em meio às mulheres que começavam a trabalhar praticamente na infância, forçadas pelos pais e pelo poder da lei e dos costumes? No entanto, algum tipo de talento deveria existir tanto em meio às mulheres quanto em meio à classe trabalhadora. De vez em quando uma Emily Brontë, ou um Robert Burns, brilha feito um cometa e comprova sua existência. Mas esse talento com certeza nunca encontrou papel e tinta. Quando, no entanto, lemos a respeito do afogamento de uma bruxa, ou de uma mu-

---

2   Nome de um bairro em Londres. Aqui, entretanto, a autora parece refe-rir-se a um cruzamento que existe desde o século XVII. Vale lembrar que até 1823, quando foi tornada ilegal, era comum, na Inglaterra, a prática de enterrar suicidas em encruzilhadas. [N. T.]

lher que é possuída por demônios, ou de uma sábia vendedora de ervas, ou até mesmo de um homem notável, e esse homem tinha uma mãe, aí então acredito que estamos no encalço de uma romancista esquecida, de uma poeta calada, de uma Jane Austen muda e sem glória, de uma Emily Brontë que se matou nos morros ou chorou e delirou pelas estradas, enlouquecida pela tortura que era carregar esse dom. Na verdade, arrisco dizer que Anônimo, autor de tantos poemas não assinados, era muitas vezes uma mulher. Acredito ter sido uma mulher que, segundo Edward Fitzgerald, compunha baladas e canções folclóricas para embalar o sono dos seus filhos, ou distraí-los junto à roca ou enquanto atravessavam uma longa noite de inverno.

Talvez seja verdade, talvez não — difícil dizer —, mas o que há de verdadeiro, assim me pareceu, ao revisar a história da irmã de Shakespeare após tê-la inventado, é que qualquer mulher que nascesse com um dom no século XVI teria certamente enlouquecido, se matado com um tiro ou passado o resto de seus dias numa cabana nos arredores da cidade, metade bruxa, metade mago, temida e ridicularizada. Não é preciso entender muito de psicologia para saber, com toda a certeza, que uma menina que tivesse um grande dom e tentasse usufruir dele para escrever poesia, teria sido tantas vezes contestada e impedida pelos outros, e seria de tal modo torturada e dilacerada por seus instintos contraditórios que, com certeza, perderia a saúde e a sanidade mental. Nenhuma menina poderia ter andado até Londres e parado diante do palco e aberto à força o caminho até os atores-diretores sem, com isso, se violentar e sofrer uma angústia que talvez fosse irracional — porque a castidade pode muito bem ser um fetiche inventado em certas sociedades e por motivos desconhecidos — mas de todo modo inevitável. Naquela época, como ainda hoje, a castidade tinha uma importância religiosa na vida das mulheres, e vinha tão bem embrulhada em nervos e instintos que para cortá-la e expô-la à luz do dia seria necessária uma coragem raríssima. Para viver de modo livre na Londres do século XVI, uma mulher que fosse poeta e dramaturga se submeteria a tensões e dilemas que poderiam muito bem matá-la. Caso resistisse, qualquer coisa que escrevesse sairia torcida e deformada, engendrada por uma imaginação exaurida e mórbida. E sem dúvida, pensei, enquanto olhava para a estante onde não havia peças escritas por mulheres, sua obra terminaria por não ser assinada. É uma escapatória que ela teria com certeza buscado. Foi essa relíquia de senso de castidade que ditou às mulheres que permanecessem anônimas até bem tarde, em meados do século XIX. Currer Bell, George Eliot, George Sand, todas elas vítimas de uma batalha interna, como se pode ver em seus livros, tentaram sem sucesso se esconder sob o véu de um nome masculino. Assim honraram a convenção, que, sem ter sido estabelecida pelo sexo oposto, era, no entanto, amplamente estimulada por ele (a maior glória de uma mulher é não falarem a seu respeito, disse Péricles, um homem sobre quem muito se falou), a de que uma mulher que se promove é detestável. O anonimato corre em suas veias. O desejo de se esconder as consome até hoje. Ainda não se dedicam ao culto da própria fama tanto quanto os homens e, de modo geral, elas são capazes de passar por uma lápide ou placa sem sentir o apelo irresistível de rabiscar o próprio nome, como Alf, Bert ou Chas. se sentem impelidos a fazer para obedecer ao instinto que sussurra quando vê uma mulher bonita passar ou até mesmo um cachorro, que *Ce chien est à moi*. E, é claro, talvez não fosse um cachorro, pensei, lembrando de Parliament Square, Sieges Allee e outras avenidas; pode ser um pedaço de terra ou um homem de cabelo preto e crespo. Uma das grandes vantagens de ser mulher é que é possível passar até mesmo por uma bela negra sem desejar transformá-la numa inglesa.

A mulher, então, que nasceu com talento para a poesia no século XVI, era uma mulher infeliz, uma mulher que lutava consigo mesma. Todas as suas condições de vida, todos os seus instintos, eram hostis ao estado de espírito necessário para dar livre vazão ao que quer que se tenha no cérebro. Mas qual é o estado de espírito mais propício ao ato da criação?, perguntei.

É possível topar com alguma conceitualização de qual seria o estado que incentiva e possibilita essa atividade estranha? Nisso, abri o volume que continha as tragédias de Shakespeare. Qual era o estado de espírito de Shakespeare quando escreveu, por exemplo, *Lear* ou *Antônio e Cleópatra*? Com certeza é o estado de espírito mais favorável à poesia que já existiu. Mas o próprio Shakespeare não comentou nada a esse respeito. O que sabemos é apenas circunstancial e anedótico, que ele "nunca apagou uma linha". Nada foi de fato dito por um artista sobre seu estado de espírito até possivelmente o século XVIII. Foi talvez Rousseau quem começou com isso. Seja como for, no século XIX a autoconsciência já tinha se desenvolvido tanto que se tornou hábito entre os homens de letras descrever a própria mente em confissões e autobiografias. Biografias deles também foram escritas e suas cartas publicadas após a morte. Assim, embora não se saiba o que se passava com Shakespeare enquanto escrevia *Lear*, sabemos o que Carlyle atravessou para escrever *Revolução francesa*; o que Flaubert atravessou para escrever *Madame Bovary*; o que Keats atravessava quando tentava escrever poesia, a despeito da proximidade da morte e da indiferença do mundo.

E, dessa imensa literatura moderna confessional ou autoanalítica, pode-se concluir que escrever uma obra brilhante é quase sempre uma façanha de dificuldades extraordinárias. O mundo todo joga contra a probabilidade de que ela nasça inteira e coesa na mente do autor. De modo geral, as circunstâncias materiais não favorecem o autor. O cachorro vai latir; as pessoas vão interromper; o dinheiro terá que ser ganho; a saúde vai se ressentir. Além disso, somada a todas essas dificuldades, e tornando-as ainda mais difíceis de suportar, vem a notória indiferença do mundo, que não pede a ninguém que escreva poemas ou romances ou histórias; o mundo não faz questão de nada disso. Ele não se importa se Flaubert encontra a palavra precisa ou se Carlyle verifica minuciosamente este ou aquele fato. E é natural que não pague pelo que não quer. Assim, o escritor, Keats, Flaubert, Carlyle, sofre, sobretudo quando é jovem, de toda forma de dilaceramento e desânimo. Daqueles livros de análise e confissão se eleva uma praga, um grito agonizante. "Os maiores poetas, mortos na miséria",[3] é esse o fardo que carregam quando cantam. Quem vence tantos poréns faz milagre, e dificilmente existe um livro que tenha nascido inteiro e sem os defeitos do momento de sua concepção.

Mas no caso das mulheres, pensei, olhando as prateleiras vazias, essas dificuldades eram mil vezes mais terríveis. Para início de conversa, ter um quarto só para si era impensável, que dirá um quarto silencioso ou à prova de ruídos, a menos que uma mulher tivesse pais excepcionalmente ricos ou nobres, até o começo do século XIX. A mesada que ela recebia, a depender da boa-vontade do pai, só dava conta de mantê-la vestida, então ela não tinha como aproveitar nenhuma daquelas pequenas regalias acessíveis até mesmo a Keats ou Tennyson ou Carlyle, todos eles pobres, mas favorecidos com passeios a pé, uma ida rápida à França, um quarto individual que, por mais miserável que fosse, os abrigava das cobranças e tiranias de suas famílias. Essas diferenças materiais eram terríveis; mas as imateriais eram muito piores. A indiferença do mundo, que homens como Keats e Flaubert achavam tão difícil tolerar seria, no caso da mulher, não indiferença, mas hostilidade. O mundo não dizia a ela o que dizia a eles, Escreva, se quiser; para mim, tanto faz. O mundo gargalhava, Escrever? Serve pra quê? Nisso, as psicólogas de Newnham e Girton podem ajudar, pensei, olhando mais uma vez para o espaço vazio nas estantes. Porque sem dúvida já passou da hora de medir os efeitos do desestímulo na mente da artista, como vi fazerem numa empresa de laticínios que media os efeitos do leite comum e do leite tipo A no corpo de um rato. Puseram dois ratos em gaiolas emparelhadas, e um deles era dissimulado, tímido e pequeno, e o outro era vistoso, arrojado e grande. Então, que tipo de alimento damos

---

3 Citação de "Resolution and Independence", de William Wordsworth, em que se lê: *"Mighty poets in their misery dead"*. [N. T.]

às mulheres artistas?, perguntei, acho que pensando no jantar de ameixas secas e creme. Para responder a essa pergunta, era só abrir o jornal da noite e ler que a opinião de Lorde Birkenhead é — mas não vou me dar ao trabalho de copiar a opinião de Lorde Birkenhead sobre o que as mulheres escrevem. Deixo para lá a afirmação do Reitor Inge. A voz do especialista da rua Harley pode continuar ecoando pela rua Harley quando vocifera, mas não vou me incomodar. Vou, no entanto, citar o Sr. Oscar Browning, porque o Sr. Oscar Browning já foi um dia uma figura importante em Cambridge, era quem costumava examinar as alunas de Girton e de Newnham.[4] O Sr. Oscar Browning costumava declarar que "a impressão que marcou sua memória, depois de avaliar uma boa quantidade de exames era que, independentemente da nota que ele porventura desse, a melhor aluna mulher continuava sendo inferior ao pior aluno homem". Tendo dito isso, o Sr. Browning voltou para seu apartamento — e é essa sequência que nos faz ter carinho por ele, que o transforma numa figura humana minimamente tridimensional e rica — voltou para seus apartamento e encontrou o garoto da estribaria deitado no sofá — "era carne e osso, suas bochechas macilentas e chupadas, os dentes pretos, e ele parecia não conseguir mexer bem os braços e as pernas... 'Este é Arthur' [disse o Sr. Browning]. 'É um ótimo menino e tem uma mente da melhor qualidade'". As duas cenas sempre me pareceram complementares. E, por sorte, nesta época biográfica, as duas cenas muitas vezes se complementam, de modo que podemos interpretar as opiniões dos grandes homens não só pelo que dizem, como também pelo que fazem.

Mas apesar disso ser possível hoje, opiniões como essas, vindas da boca de pessoas importantes, deviam ser terríveis cinquenta anos atrás ou até há menos tempo. Imaginemos que

---

4 Antes de lecionar em Girton, Oscar Browing foi centro de um escândalo sexual que provocou sua demissão de Cambridge. Daí a ambiguidade do verbo *to examine*, no original inglês. [N.T.]

um pai, imbuído das melhores intenções, não quisesse que sua filha saísse de casa e virasse escritora, pintora ou acadêmica. "Veja o que diz o Sr. Browning", ele diria; e então não seria só o Sr. Browning; havia o *Saturday Review*; havia o Sr. Greg — "o essencial na existência da mulher", o Sr. Greg enche a boca para dizer, "é ser *sustentada por um homem e entregar-se a ele*" — havia uma enorme coleção de opiniões masculinas nesse sentido, de que não se pode esperar nada de intelectual de uma mulher. Mesmo que o pai não lesse essas opiniões em voz alta, qualquer garota poderia acessá-las por conta própria; e só de ler, ainda que fosse no século XIX, ela provavelmente perderia o ânimo, e isso ficava visível em seu trabalho. Havia sempre a afirmação — você não pode isso, você é incapaz daquilo — para contestar e vencer. É provável que, para a romancista, esse germe não provoque mais grande efeito; porque já existiram algumas romancistas de renome. Mas para as pintoras ainda deve ser um ponto sensível; e para as musicistas, imagino, continua sendo ativo e venenoso ao extremo. A mulher compositora se encontra hoje na posição que a atriz ocupava na época de Shakespeare. Nick Greene, pensei, lembrando-me da história que inventei da irmã de Shakespeare, disse que, para ele, uma mulher atriz parecia um cão bailarino. Johnson repetiria a frase duzentos anos mais tarde, a respeito de mulheres que pregam sermões. E aqui, disse, abrindo um livro sobre música, vemos as mesmas palavras empregadas neste mesmo ano da graça de 1928, a respeito das mulheres que tentam compor. "Quanto à senhorita Germaine Tailleferre, só se pode repetir o dito de Dr. Johnson sobre mulheres que pregam sermões, transpondo-o aos termos da música. 'Senhor, uma mulher compondo é como um cão caminhando nas patas traseiras. Não é algo que façam bem; mas a surpresa maior é saber que o conseguem."[5] É com precisão que a história se repete.

5   Cecil Gray, *A survey of contemporary music*, p. 246. [N.A.]

Então, concluí, fechando a biografia do Sr. Browning e empurrando para longe os outros, é bastante claro que mesmo no século XIX as mulheres não eram incentivadas a serem artistas. Pelo contrário, elas eram esnobadas, esbofeteadas, repreendidas e exortadas a desistir. A mulher artista devia ficar com a mente exaurida e o ânimo esgotado pela necessidade de se opor a isso e desmentir aquilo. Assim deparamos com aquele mesmo complexo masculino interessante e obscuro que exerce tamanha influência sobre o movimento das mulheres; um desejo arraigado não tanto de que *ela* seja inferior, mas de ser *ele* o superior, de estar plantado bem no meio de onde quer que se olhe, não só à frente das artes, mas também barrando o acesso à política, ainda que o risco aparente que ele corra seja ínfimo e a suplicante seja humilde e devotada. Até mesmo Lady Bessborough, lembrei, com toda aquela paixão política, teve que se curvar humildemente e escrever a Lorde Granville Leveson-Gower: "... a despeito da minha violência na política e de eu falar tanto desse assunto, concordo perfeitamente com o senhor que não cabe às mulheres se misturar nessa ou em qualquer outra atividade séria, para além de dar sua opinião (quando lhe pedem)". E assim ela segue, despejando seu entusiasmo onde não encontra obstáculos, em assunto de suma importância como o discurso inaugural de Lorde Granville na Câmara dos Comuns. De fato esse é um espetáculo esquisito, pensei. A história da oposição masculina frente à emancipação feminina é talvez mais interessante que a própria história da emancipação. Daria para fazer um livro divertido se alguma jovem estudante de Girton ou Newnham colhesse os exemplos e elaborasse uma teoria — mas ela precisaria de luvas grossas para proteger as mãos, e barras de proteção feitas de ouro maciço.

Mas isso que hoje nos diverte, lembrei, fechando as páginas de Lady Bessborough, exigiu um dia ser tratado com sinceridade urgente. Garanto que as opiniões hoje recortadas e coladas num livro etiquetado de lero-lero, mantido para a leitura de públicos seletos em noites de verão, já foi capaz de arrancar lágrimas. Muitas de suas avós e bisavós choraram até não poder mais. Florence Nightingale gritou de agonia.[6] Mais do que isso, para vocês, que conseguiram ir para a faculdade e usufruir de quartos individuais — ou seriam quarto-e-salas? —, é fácil falar que o talento deveria dispensar a opinião alheia; que o talento não precisa se importar com o que dizem a seu respeito. Infelizmente, são sobretudo as pessoas talentosas que mais se importam com o que se diz delas. Pensem em Keats. Pensem nas palavras que ele mandou gravar na própria lápide.[7] Pensem em Tennyson; pensem — não preciso multiplicar os exemplos desse fato inegável e bastante lamentável que é o da natureza do artista se importar excessivamente com o que dizem a seu respeito. A literatura é feita dos destroços dos homens que se importaram com a opinião alheia para além do limite razoável.

E essa susceptibilidade é duplamente lamentável, pensei, voltando mais uma vez à primeira pergunta a respeito do estado de espírito mais propício ao trabalho criativo, porque a mente do artista, a fim de alcançar o esforço prodigioso de libertar de maneira inteira e coesa a obra que guarda em si, deve ser incandescente, como era a mente de Shakespeare — conjeturei, de olho no livro que estava aberto em *Antônio e Cleópatra*. Não deve haver obstáculos nessa obra, nenhuma questão estranha não consumida. Porque apesar de dizermos que não se sabe nada a respeito do estado de espírito de Shakespeare, ao dizê-lo já estamos afirmando algo a respeito do estado de espírito de Shakespeare. A razão de sabermos tão pouco sobre

6   Ver *Cassandra*, de Florence Nightingale, publicado em *The Cause*, de R. Strachey. [N.A.]

7   Originalmente, a lápide de Keats não trazia seu nome, mas os seguintes versos, datados de 24 de fevereiro de 1821, aqui traduzidos: "Este Túmulo/ contém tudo o que havia de Mortal/ num/ JOVEM POETA INGLÊS,/ Que,/ no Leito de Morte,/ na Amargura de seu Coração,/ sob o Poder Malicioso dos Inimigos,/ Desejou/ que essas Palavras fossem gravadas na sua Lápide:/ Aqui jaz Aquele/ Cujo Nome está escrito na Água". [N.T.]

ele — em comparação com Donne ou Ben Jonson ou Milton — é que seus desafetos e rancores e antipatias estão ocultos. Não existe uma "revelação" à qual nos agarramos, que nos faça lembrar da figura do autor. Qualquer vontade de protestar, pregar, proclamar uma injúria, quitar uma dívida, fazer do mundo testemunha de uma dificuldade ou dor, foi atirada por ele ao fogo e consumida. Por isso sua poesia flui livre e desimpedida. Se houve um dia um ser humano capaz de exprimir sua obra por completo, esse ser humano foi Shakespeare. Se houve um dia uma mente incandescente, desimpedida, pensei, voltando mais uma vez à estante, essa mente foi a de Shakespeare.

Capítulo IV

É claro que seria impossível encontrar uma mulher com esse estado de espírito no século XVI. Basta pensar naquelas lápides elizabetanas repletas de imagens de crianças ajoelhadas, rezando; e em suas mortes precoces; e ver suas casas de quartos escuros e apertados para se dar conta de que nenhuma mulher teria como escrever poesia na época. O mais provável seria descobrir na história, talvez bem mais tarde, que alguma duquesa ou condessa aproveitou o conforto e liberdade relativa de sua condição para publicar algo assinado com o próprio nome, correndo o risco de ser tachada de monstro. Não é que os homens sejam uns esnobes, continuei, tomando o cuidado de não virar uma "feminista metida" como a senhorita Rebecca West; mas, de modo geral, quando é uma condessa quem se esforça para compor versos, eles a leem com boa vontade. O mais plausível é que, na época, uma senhora com algum título de nobreza recebesse certos estímulos, mais do que uma Austen desconhecida ou uma certa Brontë. Mas é também provável que nós a encontrássemos com o espírito dividido por emoções estranhas como o medo e o ódio, que deixaram resquícios em seus poemas. Aqui temos Lady Winchilsea, por exemplo, pensei, copiando seus versos. Nascida no ano de 1661; nobre de nascença e por casamento; não teve filhos; escrevia poesia, e basta ler qualquer de seus poemas para encontrá-la em plena crise de indignação por causa da situação das mulheres:

> *Que derrocada! Cair por seguir regras equivocadas,*
> *Por nossa educação, e não pela natureza tapeadas;*
> *Excluídas de qualquer avanço intelectual,*
> *Criadas e incentivadas para uma vida boçal;*
> *E se acaso uma alça voo e, das outras, se destaca,*
> *A imaginação acesa, a ambição alistada,*
> *A facção contrária logo surge em peso,*
> *Os medos soterram a esperança de êxito.*

Fica claro que sua mente de maneira alguma "consumiu pelo fogo todo impedimento e se tornou incandescente". Pelo contrário, é uma mente acossada e dilacerada pela mágoa e pelo ódio. A raça humana, para ela, está dividida em dois grupos. Os homens são da "facção contrária"; são temidos e odiados, porque têm o poder de barrar o acesso ao que ela deseja fazer — isto é, escrever.

> *Ai da mulher que empunha a pena,*
> *De presunçosa, recebe a legenda,*
> *Não há virtude que torne a falha amena.*
> *Dizem que erramos de sexo e de costume;*
> *Etiqueta, moda, danças, jogos, perfume*
> *São os troféus que, a nós, caberia desejar;*
> *Escrever, ler, pensar ou perguntar*
> *Escondem a beleza, nos fazem caducar,*
> *É o cuidar da casa, o tédio servil*
> *Que, dizem, sabemos fazer de útil.*

De fato, para ter a coragem de escrever, ela precisa imaginar que o que escreve nunca será publicado; precisa se confortar com uma canção de lamento:

Cante para alguns amigos, cante para sua dor,
Pois as coroas de louros jamais foram seu destino;
Que suas cortinas sejam escuras, encontre aí um abrigo.

E no entanto é evidente que, se ela não fosse cativa do ódio e do medo, se não tivesse a mente abarrotada de amargura e ressentimento, o fogo arderia dentro dela. Aqui e ali surgem palavras que são poesia pura:

Não irá compor em seda tosca
Sombras da inimitável rosa.

— foram com razão elogiadas pelo Sr. Murry, e Pope, acredita-se, recordou-se das seguintes e tomou-as para si:

Agora o cérebro, enfraquecido, sucumbe ao narciso;
E submergimos no perfume desse abismo.

É de se lamentar mil vezes que uma mulher capaz de escrever assim, com uma mente sensível atinada à natureza e dada à reflexão, estivesse condenada à raiva e ao amargor. Mas o que ela poderia ter feito de diferente? Eu me perguntava, imaginando os olhares e as risadinhas, a bajulação dos puxa-sacos, a desconfiança do poeta profissional. Ela provavelmente se fechava num quarto no campo para escrever, e talvez fosse dilacerada pelo amargor e os escrúpulos, embora seu marido fosse dos mais gentis e a vida de casados, a perfeição. Digo "provavelmente", porque quando buscamos os fatos da vida de Lady Winchilsea, verificamos, como sempre, que não se sabe quase nada a seu respeito. Ela sofria terrivelmente de melancolia, o que explica, pelo menos em parte, seu canto no auge de uma crise, na qual imagina:

Meus versos denunciados, e meu fazer julgado
Um desatino inútil, um defeito abusado:

O que ela fazia para ser recriminada era, até onde se sabe, caminhar inofensivamente pelos campos, sonhando acordada:

Minha mão se alegra em desenhar o raro
E desviar da trilha reta e conhecida
Não irá compor em seda tosca
Sombras da inimitável rosa.

É natural que, sendo isso o que ela costumava fazer e o que lhe dava alegria, ela só podia acabar virando piada; e, de fato, dizem que Pope ou talvez Gay tenha feito uma caricatura dela como uma "*bluestocking* com comichão para a escrita".[1] Também conta-se que ela ofendeu Gay quando riu da cara dele. Ela disse que seu *Trivia* deixava claro que "era uma preocupação dele caminhar em frente à sela do cavalo, em vez de cavalgar". Mas tudo isso não passa de "boatos duvidosos", e, diz o Sr. Murry, "desinteressantes". Eu, no entanto, discordo, porque gostaria de conhecer ainda mais boatos duvidosos, para saber um pouco mais dessa senhora melancólica, ou conseguir formar uma imagem da mulher que adorava errar pelos campos pensando em coisas raras e que desprezava, de modo tão incisivo, tão insensato, "o cuidar da casa, o tédio servil". Mas ela perdeu o foco, afirma o Sr. Murry. Seu dom foi coberto por ervas daninhas e amarrado com ramos espinhosos. Esse dom natural, refinado e distinto, não pôde se mostrar em sua inteireza. E então, devolvendo o livro à estante, apanhei um daquela outra grande nobre, a duquesa cabeça de vento, adorada por Lamb, a fantástica Margaret de Newcastle, mais velha, e sua contemporânea. Eram muito diferentes uma da outra, mas tinham em comum a nobreza e a falta de filhos e

1 As *bluestockings* eram originalmente mulheres que frequentavam a Sociedade Bluestocking (das meias azuis), formada no século XVIII como contraparte feminina das sociedades científicas ou filosóficas do Iluminismo. Com o tempo, passou a ser um termo de conotação negativa para se referir às mulheres intelectuais. [N.T.]

ambas encontraram os melhores dos maridos. Nas duas habitava a mesma paixão ardente pela poesia e ambas foram desfiguradas e deformadas pelas mesmas causas. Basta abrir qualquer livro da Duquesa e encontrar as mesmas explosões de raiva, "As Mulheres vivem como Morcegos ou Corujas, trabalham como Feras, e morrem como Vermes...". Margaret também poderia ter sido poeta; hoje em dia, esse ímpeto acabaria colocando alguma engrenagem para rodar. Mas naquela época, o que poderia ter acolhido, amansado ou civilizado para uso humano essa inteligência selvagem, abundante e sem cultura? Jorrava dela em torrentes desordenadas de verso e prosa, de poesia e filosofia cristalizadas em *quartos* e *fólios* que ninguém lê. Alguém precisava ter colocado um telescópio em sua mão. Alguém precisava tê-la ensinado a olhar as estrelas e a raciocinar como cientista. Sua razão se perdeu com tanta solidão e liberdade. Ninguém a educou. Seus professores eram condescendentes com ela. Na Corte, era motivo de piada. Sir Egerton Brydges lamentou sua rudeza — "como se brotasse dessa mulher da alta nobreza, criada em ambiente de Corte". Enclausurou-se em Welbeck, sozinha.

Que visão de solidão e revolta a imagem de Margaret Cavendish evoca! Como se um pepino gigante se esparramasse sobre os cravos e rosas do jardim e os matasse sufocados. Que desperdício, a mulher que escreveu a frase "uma mulher bem-educada é a que tem a mente mais refinada" ter jogado fora tanto tempo rabiscando frases sem sentido e mergulhando cada vez mais fundo no esquecimento e na loucura até ser atazanada por uma multidão toda vez que saía em sua carruagem. Sem dúvida, a Duquesa Louca virou um bicho-papão para assustar qualquer menina inteligente. Aqui, lembrei, enquanto devolvia a Duquesa à estante e abria o volume de cartas de Dorothy Osborne, temos Dorothy escrevendo para Temple a respeito do novo livro da Duquesa. "Certamente a pobre mulher deve estar um tanto perturbada, caso contrário não cairia no ridículo de escrever um livro, e ainda mais em verso! Eu não chegaria a tanto nem se ficasse duas semanas sem dormir."

E assim, como não era dado a uma mulher sensata e humilde escrever livros, Dorothy, sendo sensível e melancólica, de temperamento diametralmente oposto ao da Duquesa, nunca escreveu. As cartas não valem. Qualquer mulher podia escrever cartas ao pé da cama enquanto cuidava do pai doente. Ou senão, diante da lareira com homens conversando à sua volta, sem perturbá-los. O estranho, pensei, folheando as páginas com as cartas de Dorothy, é o extraordinário talento que essa jovem solitária e inculta tinha na hora de burilar uma frase ou criar uma cena. Escutem como flui:

"Depois do jantar, sentamos e conversamos e quando o assunto chegou no Sr. B., fui embora. As horas quentes do dia são gastas lendo ou trabalhando, e, por volta das seis ou sete, caminho até as terras comuns do lado de casa, onde um grupo de garotas cuida de ovelhas e vacas e senta-se à sombra, cantando velhas baladas; eu me aproximo e comparo as vozes delas à da Beleza, ou de alguma pastora de antigamente sobre quem já li, e vejo o abismo de diferença, mas acredite quando digo que elas eram das mais inocentes que há. Converso com elas e percebo que não lhes falta nada para serem as mais felizes do mundo, exceto terem consciência da própria felicidade. O que mais acontece é, no meio de uma conversa, uma delas olhar em volta e perceber que uma vaca se desgarrou e, imediatamente, todas saem correndo como se tivessem asas nos pés. Eu, que não sou tão ágil, fico para trás, e quando as vejo passar com as vacas, levando-as para casa, entendo que é hora de me retirar para minha casa também. Depois de jantar, vou ao jardim e então até a beira de um riacho que corre por ali, e me sento, desejando a sua companhia..."

Daria para jurar que tem uma escritora maturando dentro dela. Mas com um "eu não chegaria a tanto nem se ficasse duas semanas sem dormir" — vemos o tamanho das barreiras suspensas no ar impedindo uma mulher de ser escritora até mesmo quando tinha habilidade para a escrita, a ponto de acreditar que escrever era agir de forma ridícula, até mesmo indício de de distúrbio mental. E assim continuei, devolvendo à estante o volume único e magro das cartas de Dorothy Osborne; passamos à Sra. Behn.

E com a Sra. Behn viramos uma esquina importante no caminho. Deixamos para trás, e encerradas em seus fólios, aquelas grandes damas solitárias que escreveram sem público nem crítica, exclusivamente para o próprio deleite. Chegamos à cidade e esbarramos com o povo nas ruas. A Sra. Behn era uma mulher de classe média e dotada de todas as virtudes plebeias: o senso de humor, a vitalidade e a coragem; uma mulher forçada tanto pela morte do marido como por algumas aventuras infelizes a usar a própria inteligência para ganhar a vida. Teve que trabalhar de igual para igual com os homens. E trabalhando duro, conseguiu o suficiente para viver. A importância desse fato é maior do que qualquer coisa que ela tenha escrito, até mesmo o esplêndido "A Thousand Martyrs I have made" ["Martirizei milhares"], ou "Love in Fantastic Triumph sat" ["O amor ocupou o trono na vitória fantástica"], porque com ele surge a liberdade intelectual, ou melhor, a possibilidade de que, com o tempo, o intelecto se veja livre para escrever o que bem entender. Porque agora, depois do passo dado por Aphra Behn, outras meninas podem falar para seus pais, Não preciso de mesada; posso me sustentar pela escrita. Ainda que por anos e anos a resposta fosse, Sim, desde que você tenha uma vida igual à de Aphra Behn! Seria melhor morrer! e correm para bater a porta, mais rápido do que nunca. O assunto fascinante do valor que os homens dão à castidade feminina e seus efeitos na educação parece se insinuar aqui e talvez pudesse inspirar um livro interessante se alguma aluna de Girton ou Newnham se debruçasse sobre ele. Lady Dudley, coberta de diamantes e às moscas numa mansão escocesa, poderia servir de frontispício. Lorde Dudley, descreveu recentemente o *The Times* quando Lady Dudley faleceu, "um homem de gosto refinado e muitas conquistas, era benevolente e generoso, mas dado a caprichos em seu despotismo. Insistia que sua mulher se vestisse a rigor, mesmo nas cabanas de caçador em plenas Terras Altas; ele a enchia de joias estupendas", e por aí vai, "dava-lhe tudo — com exceção de qualquer grau de responsabilidade". Então Lorde Dudley sofreu um derrame e ela cuidou dele e administrou suas propriedades com absoluta competência até o fim da vida. E isso foi agora há pouco, no século XIX, esse despotismo louco.

Mas, voltando ao assunto. Aphra Behn provou ser possível ganhar dinheiro com a escrita, ainda que tenha tido de abrir mão, talvez, de certas características afáveis; e assim, pouco a pouco, a escrita foi deixando de ser indicativa de loucura e de mente perturbada, e passou a ter valor objetivo. Às vezes um marido morre ou um desastre acomete uma família. À medida que o século XVIII foi chegando ao fim, centenas de mulheres começaram a engordar suas mesadas, ou acudiram suas famílias traduzindo ou escrevendo os incontáveis romances ruins que não são lembrados nem nos livros didáticos, mas que podemos comprar por centavos nos sebos de Charing Cross Road. A atividade mental profícua que as mulheres apresentaram em fins do século XVIII — as conversas e reuniões, os ensaios sobre Shakespeare, as traduções dos clássicos — baseou-se no fato concreto da possibilidade de ganharem dinheiro com a escrita. O dinheiro dá dignidade àquilo que seria frívolo se não fosse pago. Ainda se podia desdenhar das "*bluestockings* com comichão para a escrita", mas não ignorar o fato de que elas tinham dinheiro no bolso. Assim, chegando ao fim do século XVIII, ocorreu uma mudança que, se eu me propusesse a reescrever a história, trataria com mais profundidade e lhe daria maior importância do que às Cruzadas ou à Guerra das Rosas. A mulher de classe média começou a escrever. Se *Orgulho e preconceito* tem algum valor, se *Middlemarch* e *Villette* e *O morro dos ventos uivantes* têm algum valor, então é muito importante que eu explique nesta fala de uma hora que as mulheres de modo geral, e não só as aristocratas solitárias e enclausuradas em suas mansões em meio a bibliotecas e bajuladores, tomaram gosto pela escrita. Sem essas predecessoras, Jane Austen, as irmãs

Brontë e George Eliot não teriam escrito, como Shakespeare não teria escrito se não tivesse existido Marlowe, e Marlowe, se não tivesse existido Chaucer, e Chaucer, sem todos aqueles poetas esquecidos que pavimentaram o caminho e domaram a selvageria natural da língua. Nenhuma obra-prima é filha única, solitária; elas nascem dos muitos anos de pensamento coletivo, de pensamento encarnado nas pessoas, até que a experiência das massas se faça ouvir por trás de uma voz particular. Jane Austen deveria ter posto uma coroa de flores no túmulo de Fanny Burney, e George Eliot deveria ter prestado homenagem à sombra incontornável de Eliza Carter — a velha valente que atou um sino ao estrado da cama para que pudesse acordar cedo e estudar grego. Juntas, todas as mulheres deveriam depositar flores sobre a tumba de Aphra Behn, que está muito escandalosamente e também um tanto apropriadamente localizada na Abadia de Westminster, pois foi ela quem abriu o caminho para que todas possam dizer o que pensam. É graças a Aphra Behn — soturna e amorosa como só ela sabia ser — que não é de todo fantástico eu vir aqui esta noite dizer a vocês: ganhem quinhentas libras por ano com sua própria inteligência.

Estamos, então, já no começo do século XIX. E aqui, pela primeira vez, encontrei várias estantes ocupadas por obras femininas. Mas, não pude deixar de perguntar, o olhar passeando pelos livros, por que são todos, com raríssimas exceções, romances? O primeiro impulso era para a poesia. A "mente soberana da canção"[2] era a de uma poeta. Tanto na França como na Inglaterra as mulheres poetas vieram antes das mulheres romancistas. Além do quê, pensei, vendo os quatro nomes célebres, o que havia de comum entre George Eliot e Emily Brontë? Afinal, não foi Charlotte Brontë completamente incapaz de compreender Jane Austen? Salvo o fato talvez relevante de nenhuma ter sido mãe, não dá para imaginar quatro personagens com

---

2   Referência a Safo, mediante citação de "Ave atque Vale (In Memory of Charles Baudelaire)", de Swinburne. [N. T.]

tão pouco em comum reunidas numa sala — a ponto de ser tentador inventar um encontro e um diálogo entre elas. E, no entanto, por alguma força estranha, todas se viram compelidas, quando escreviam, a escrever romances. Haveria alguma relação com serem todas filhas da classe média, pensei; e, com o fato, pouco mais tarde demonstrado com tamanha contundência pela senhorita Emily Davies, de que as famílias de classe média no começo do século XIX tinham apenas uma sala para dividir? Se uma mulher escrevesse, ela precisaria escrever nessa sala de estar. E, como a senhorita Nightingale lamentou com veemência, "as mulheres não têm nem meia-hora... para chamar de sua", ela vivia sendo interrompida. Ainda assim, é mais fácil escrever prosa e ficção nessas condições do que poesia ou teatro. Exige menos concentração. Foi assim que Jane Austen escreveu até o fim da vida. "Como conseguiu produzir tanto?", pergunta seu sobrinho na biografia que escreveu da tia, "É supreendente, afinal, ela não tinha um escritório no qual se recolher, então deve ter escrito a maior parte de sua obra na sala de estar, sujeita a todo tipo de interrupção corriqueira. Tomava o cuidado de não levantar suspeitas entre os criados e as visitas ou qualquer outra pessoa para além do círculo familiar imediato".[3] Jane Austen escondia seus manuscritos ou os cobria com um pedaço de mata-borrão. É bem verdade que o treinamento literário que uma mulher no começo do século XIX podia ter era o de observar as pessoas e analisar as emoções. Sua sensibilidade foi cultivada ao longo dos séculos pelas influências da sala de estar. As emoções alheias ficaram gravadas nela; as relações humanas estavam em constante exibição diante de seus olhos. Portanto, quando a mulher de classe média se dedicou a escrever, naturalmente aderiu aos romances, embora seja evidente que duas das mulheres célebres mencionadas não eram romancistas por natureza. Emily Brontë deveria ter escrito dramas poéticos; o impulso criativo de George Eliot não precisaria ter

3 *Memoir of Jane Austen*, por seu sobrinho, James Edward Austen-Leigh. [N.A.]

se esgotado, sua abundância e vastidão intelectual deveria ter sido vertida para dentro de biografias ou livros de história. No entanto, escreveram romances; e, enquanto retiro o exemplar de *Orgulho e preconceito* da estante, afirmo que ainda se pode ir além e dizer que escreveram bons romances. Sem se vangloriar nem ofender o sexo oposto, podemos dizer que *Orgulho e preconceito* é um bom livro. Ou, no mínimo, que ninguém teria vergonha de ser pego no ato de escrever *Orgulho e preconceito*. Ainda assim, Jane Austen agradecia ao rangido da porta porque tinha tempo de esconder o manuscrito antes que alguém entrasse na sala. Para Jane Austen, escrever *Orgulho e preconceito* tinha algo de inapropriado. E, imaginei, será que *Orgulho e preconceito* teria sido um romance melhor se acaso sua autora não tivesse achado necessário esconder os manuscritos das visitas? Li algumas páginas para conferir; mas não pude encontrar qualquer sinal de que as circunstâncias em que a autora vivia tivessem prejudicado o trabalho no menor grau. Talvez seja esse o maior dos milagres. Eis aqui uma mulher em 1800 escrevendo sem ódio, sem amargura, sem medo, sem contestação, sem pregação. Era assim que Shakespeare escrevia, pensei, olhando para *Antônio e Cleópatra*; e quando alguém compara Shakespeare e Jane Austen, talvez esteja querendo dizer que a mente de ambos eliminou todo impedimento; e por essa razão não conhecemos Jane Austen e não conhecemos Shakespeare, e por essa razão, cada palavra que Jane Austen escreveu está plena de Jane Austen, assim como acontece com Shakespeare. Se havia algum elemento de sua condição que a fazia sofrer era a estreiteza da vida que lhe era imposta. Era impossível uma mulher andar desacompanhada. Ela não podia viajar; não podia atravessar Londres de ônibus nem almoçar sozinha na rua. Mas talvez fosse da natureza de Jane Austen não desejar aquilo que não podia ter. Seu talento estava em perfeita sintonia com as circunstâncias de sua vida. Duvido que fosse o caso de Charlotte Brontë, falei, e abri *Jane Eyre* e o botei ao lado de *Orgulho e preconceito*.

Abri no capítulo XII e meu olhar se fixou na frase "Qualquer um pode me culpar". De que estariam culpando Charlotte Brontë?, foi o que me perguntei. E li sobre como Jane Eyre costumava subir no telhado toda vez que a Sra. Fairfax fazia geleia, e ela olhava os campos no horizonte distante. E então desejava — e por isso a culpavam — "eu queria ter um poder de visão que ultrapassasse aquele limite; que alcançasse o mundo agitado, as cidades, as regiões cheias de vida sobre as quais tinha ouvido falar mas nunca visto; eu queria ter mais experiências práticas; mais trocas com minhas semelhantes, e conhecer mais tipos humanos do que havia à minha volta. Eu valorizava o que havia de bom na Sra. Fairfax e o que havia de bom em Adèle; mas acreditava na existência de tipos de bondade mais diversos e queria poder constatar essa minha crença.

"Quem me culpa? Muitos, sem dúvida, e serei chamada de ingrata. Não era algo que eu pudesse evitar: era da minha natureza ser inquieta; a agitação às vezes chegava a doer...

"É inútil dizer que os seres humanos devem se satisfazer com uma vida tranquila: seres humanos precisam de ação; se não a encontram, criam-na por conta própria. Milhões de pessoas são condenadas a um destino ainda mais inerte que o meu, e milhões se revoltam em silêncio contra a própria sina. Ninguém sabe quantas rebeliões fermentam em meio às massas vivas que habitam a Terra. As mulheres costumam ser consideradas calmas; mas sentem tanto quanto qualquer homem; precisam, tanto quanto eles, de exercícios para suas capacidades e de um campo onde explorar sua força; sofrem com amarras rígidas demais, com as estagnações absolutas assim como um homem sofreria; e não passa de ignorância quando seus pares mais privilegiados dizem que elas deveriam se limitar a assar pudins, tricotar meias, tocar piano e bordar bolsas. É insensato condená-las ou rir delas se buscam fazer mais ou saber mais do que o senso comum proclamou ser o necessário para seu sexo.

"E assim, sozinha, eu muitas vezes escutava a risada de Grace Poole..."

Que interrupção esquisita, pensei. É frustrante esbarrar com Grace Poole tão de repente. A sequência foi quebrada. Seria possível dizer, continuei, pondo o livro ao lado de *Orgulho e preconceito*, que a mulher que escreveu essas páginas era mais brilhante que Jane Austen; mas numa releitura, nota-se esse salto, essa indignação, e percebemos que ela nunca seria capaz de exprimir toda a sua genialidade de maneira integral. Seus livros são deformados, retorcidos. Ela escreve com fúria, quando deveria escrever com calma. Escreve sem pensar, quando deveria escrever com sabedoria. Escreve sobre si mesma, quando deveria escrever sobre os personagens. Está em pé de guerra com o próprio destino. Como fazer, então, para não morrer jovem, tolhida, frustrada?

É impossível não se deixar levar por pensamentos sobre o que poderia ter acontecido de diferente se Charlotte Brontë tivesse possuído, à sua disposição, digamos, trezentas libras por ano — mas que mulher insensata! Vendeu os direitos de seus romances logo de cara por mil e quinhentas libras; imaginem se ela tivesse de algum modo conhecido melhor o mundo agitado, as cidades e regiões cheias de vida; se tivesse tido mais experiências práticas e trocas com suas semelhantes e se conhecesse mais tipos humanos. Com essas palavras, ela acertou em cheio não exatamente nos seus defeitos como romancista, mas nos do sexo feminino daquela época. Compreendia, como ninguém, a extensão que sua genialidade atingiria se não tivesse se perdido em visões solitárias de campos distantes; se a experiência e as trocas e as viagens tivessem sido possíveis. Mas não eram; estavam indisponíveis; e precisamos aceitar que todos aqueles bons romances, *Villette*, *Emma*, *O morro dos ventos uivantes*, *Middlemarch*, foram escritos por mulheres que não tinham outra experiência de vida para além de frequentar a casa de um clérigo respeitável; escritos também em salas compartilhadas, em casas respeitáveis, e por mulheres pobres a ponto de não poderem comprar mais do que um caderno por vez para escrever *O morro dos ventos uivantes* ou *Jane Eyre*. É verdade que uma delas, George Eliot, escapou desse cenário depois de muitas reviravoltas, mas não conseguiu ir além de uma casa escondida no bairro de St. John's Wood. E lá ela se recolheu na sombra da rejeição do mundo. "Desejo que entendam", escreveu, "que jamais convidarei alguém para me visitar se a pessoa não pedir para ser convidada primeiro"; afinal, não foi George Eliot quem viveu em pecado com um homem casado e que a mera convivência com ela bastaria para macular a castidade da Sra. Smith ou de qualquer outra que aparecesse por lá? É preciso submeter-se à convenção social do "retirar-se disso que é considerado o mundo". Ao mesmo tempo, do outro lado da Europa, um jovem rapaz podia viver livremente com esta cigana ou aquela condessa; ia à guerra; recolhia sem empecilho nem censura toda a vasta experiência da vida humana que lhe serviria tão bem quando ele quisesse escrever livros. Se por acaso Tolstói tivesse vivido no Priorado recluso com uma mulher casada e se "retirado disso que é considerado o mundo", por mais edificante que fosse a moral da história, pensei, ele dificilmente teria escrito *Guerra e paz*.

Mas talvez devêssemos ir mais longe na pergunta a respeito da escrita de romances e os efeitos do sexo feminino sobre a romancista. Fechando os olhos e pensando no romance como um todo, esse gênero parece ser uma criação de semelhanças, tem a qualidade de, como um espelho, refletir a vida — é verdade que com inúmeras simplificações e distorções. Seja como for, sua estrutura imprime na mente um formato, que ora é composto de quadrados, ora de pagodes japoneses, ora abre asas ou espraia-se em arcos, ora é sólido e compacto e abaulado como a Catedral de Santa Sofia em Constantinopla. Esse formato, pensei, lembrando de alguns romances famosos, primeiro desperta em quem lê um determinado tipo de emoção. Mas essa emoção logo se esparrama e toca em outras, porque a "forma" não é feita de relação entre pedras, mas sim de relação entre pessoas. Por isso, um romance desperta em nós todo tipo de emoção antagônica e contraditória. A vida se digladia com algo que não é a vida. Por isso a dificuldade de se chegar a um consenso a respeito dos romances, por isso a mão pesada que nossos preconceitos individuais têm sobre nós. Por um lado, sentimos que Você — John, o herói — deve viver, para que eu não caia na mais profunda angústia. Por outro lado, sentimos, Ai de nós, John, você deve morrer, porque é o que a forma do livro exige. A vida se digladia com algo que não é a vida. E por ter uma parte que é viva, a julgamos como sendo a vida. John é o tipo de homem que eu mais detesto, alguém dirá. Ou, Que monte de maluquice — eu nunca sentiria algo do tipo. A estrutura inteira, é óbvio, e basta pensar em qualquer romance famoso, é de uma complexidade infinita por ser composta de tantos julgamentos diferentes, tantos tipos de emoção diferentes. A surpresa é que um livro desses se sustente em pé por mais de um ano ou dois, ou que signifique para o leitor inglês o mesmo que significa para o russo ou o chinês. E conseguem se sustentar de maneira notável às vezes. O que os mantém coesos, nesses raros casos em que sobrevivem (estava pensando em *Guerra e paz*), é algo que se pode chamar de integridade, mas que não tem nada a ver com pagar as próprias contas ou se comportar exemplarmente numa emergência. O que chamamos de integridade, no caso do romancista, é a convicção com que diz Isto é verdade. Pois é, sentimos, Eu jamais imaginaria que as coisas fossem assim; jamais vi gente que se comportasse assim. Mas fui convencida do contrário, então é possível. Cada frase, cada cena, é avaliada nessa luz — porque a Natureza estranhamente concedeu a cada um de nós uma luz interior com a qual julgamos a integridade ou falta de integridade de um romancista. Ou talvez a Natureza, num de seus humores mais irracionais, riscou com tinta invisível nas paredes da mente uma premonição que esses grandes artistas confirmam; um esboço que só se torna visível quando exposto à luz do gênio. Quando o vemos assim, ganhando vida, deixamos escapar, em êxtase, Mas é isso o que eu sempre senti e soube e quis! E fervilhando e transbordando de entusiasmo, fechamos o livro com uma espécie de reverência, como se fosse um objeto muito precioso, para ter sempre à mão e poder voltar a ele pelo resto da vida, e o guardamos novamente na estante, disse, pegando *Guerra e paz* e devolvendo-o ao lugar. Se, por outro lado, essas pobres frases, de cores fortes e gestos ousados, que alguém avalia e põe à prova, primeiro despertam uma reação rápida e enérgica que de repente cessa: alguma coisa parece ter impedido seu desenvolvimento: ou se elas só trazem à luz uns rabiscos débeis num canto e uma mancha de tinta em outro, e nada parece estar inteiro e completo, então suspiramos de decepção e dizemos, Mais um fracasso. Esse romance falhou de algum modo.

E a maioria dos romances, é claro, falha em algum ponto. A imaginação cambaleia sob o peso de um esforço imenso. A intenção se confunde; o verdadeiro e o falso perdem a nitidez; e acaba a força necessária para continuar com o enorme trabalho que a todo instante exige o uso de faculdades tão diversas. Mas como o sexo da romancista afeta isso tudo, me perguntei, olhando para *Jane Eyre* e os outros. Será que o fato de ser mulher interfere de algum modo na integridade da romancista — naquilo que eu mesma afirmei ser a espinha dorsal do romance? Agora mesmo, nas passagens que citei de *Jane Eyre*, ficou claro que a raiva estava adulterando a integridade da romancista Charlotte Brontë. Ela deixou a história de lado, e em vez de se entregar a ela, foi tratar de alguma queixa pessoal. Ela se lembrou da fome de experiências das quais fora privada — relegada à estagnação num presbitério, remendando meias, quando o que queria era correr o mundo. A raiva fez sua imaginação fraquejar, e nós sentimos essa oscilação. Mas, para além da raiva, havia ainda muitas outras influências puxando sua imaginação e a desviando do curso. A ignorância, por exemplo. O retrato de Rochester é desenhado no escuro. Sentimos ali a influência do medo; assim como o tempo todo sentimos uma acidez que a opressão fermentou, um sofrimento em fogo brando sob suas paixões, um rancor que contrai seus livros, por mais estonteantes que sejam, num espasmo de dor.

E como o romance tem essa correspondência com a vida real, seus valores são, de algum modo, os mesmos que os da vida real. Mas é óbvio que os valores das mulheres diferem muitas vezes dos valores criados pelo outro sexo; é natural que seja assim. No entanto, os valores predominantes são os masculinos. Para falar de um modo direto, o futebol e os esportes são "importantes"; gostar de moda e de comprar roupas são "banalidades". E a transferência desses valores da vida para a ficção é inevitável. Este é um livro importante, o crítico pressupõe, porque trata da guerra. Aquele é um livro insignificante porque trata dos sentimentos femininos entre quatro paredes. Uma cena num campo de batalha é mais importante que uma cena numa loja — em toda parte, e de maneiras muito mais sutis, persiste essa diferença de valor. Toda a estrutura do romance do início do século XIX, portanto, foi erguida, se o sujeito fosse mulher, por uma mente desalinhada, fora do próprio eixo, forçada a alterar uma visão nítida em deferência a uma autoridade externa. Basta folhear esses velhos romances esquecidos e ouvir o tom no qual foram escritos para suspeitar que a autora estava sendo criticada; que ela uma hora dá voz à agressividade, e outra, à conciliação. Ela estava admitindo que era "apenas uma mulher" ou reivindicando ser "tão boa quanto qualquer homem". Ia de encontro às críticas de acordo com o que ditava seu temperamento, dócil e acanhada ou brava e enfática. Pouco importa qual dos dois; estava concentrada em algo que não era o assunto principal. Lá vem seu livro, caindo em nossa cabeça. Tem uma falha bem no centro. E pensei em todos os romances femininos espalhados pelos sebos de Londres, como maçãs bichadas no pomar. Apodreceram por causa da falha central. Ela alterou seus valores e abaixou a cabeça diante da opinião alheia.

E certamente deve ter sido impossível não ceder a nenhum dos lados. Que gênio, que integridade elas precisaram manter para encarar tanta crítica numa sociedade puramente patriarcal, e se agarrar à própria visão sem esmorecer. Isso, só Jane Austen conseguiu, e Emily Brontë. Essa é talvez a maior glória delas. Escreveram como uma mulher escreve, e não como um homem. Das milhares de mulheres que escreviam romances na época, elas foram as únicas que ignoraram as exortações perpétuas do incansável pedagogo — escreva isto, pense aquilo. Foram as únicas que não deram ouvidos a essa voz persistente, que ora resmunga, ora patrocina, ora domina, lamenta, se espanta, enraivece, infantiliza; aquela voz que não dá sossego às mulheres, que teima com elas como uma governanta excessivamente preocupada, e as recrimina, como Sir Egerton Brydges, por não serem refinadas o bastante; que arrasta para dentro da crítica de poesia uma crítica ao sexo;[4] e, caso sejam boas a ponto de, digamos, receber um troféu brilhante, ele as alerta para que se limitem ao que ele próprio julga aceitável: "… as romancistas mulheres só devem aspirar à excelência de sua arte se forem bravas o suficiente para reconhecer as limitações do próprio sexo".[5] Isso basta para resumir a questão, e quando digo, para a surpresa de todas aqui, que essas frases foram escritas não em agosto de 1828, mas em agosto de 1928, acredito que vocês vão concordar que, por mais que hoje elas possam nos fazer rir, ainda representam uma opinião amplamente aceita — mas não vou remexer águas passadas; só pesco o que as ondas trouxeram até mim —, e que era muito mais vigorosa e estrondosa no século passado. Uma jovem em 1828 teria que ser muito segura de si para ignorar tanta arrogância, recriminação e promessas de prêmios. Ela teria que ser um tanto incendiária para

4 "[Ela] tem aspirações metafísicas, o que é uma obsessão perigosa, sobretudo no caso de uma mulher, pois as mulheres dificilmente têm o mesmo amor que os homens têm pela retórica. É uma estranha falha desse sexo que, em outros aspectos, é mais primitivo e materialista." *New Criterion*, junho de 1928. [N.A.]

5 "Se, como o repórter, você acreditar que as mulheres romancistas só devem aspirar à excelência a partir do reconhecimento das limitações do próprio sexo (então Jane Austen [foi] capaz de demonstrar com que graça se pode assumir essa atitude...)". *Life and Letters*, agosto de 1928. [N.A.]

dizer, Ah, a literatura não pode ser comprada. A literatura é de livre acesso para todos. Eu me recuso a aceitar que você, ainda que seja um Bedel, me tire desse gramado. Podem muito bem trancar as bibliotecas; mas não há portão, tranca ou cadeado capaz de cercear a liberdade da mente.

Mas qualquer efeito que tanta crítica e falta de estímulo tenha tido sobre a escrita feminina — e acredito que foi um efeito enorme —, é ínfimo se comparado à outra dificuldade que elas (e estava ainda pensando naquelas romancistas do começo do século XIX) enfrentavam na hora de pôr as ideias no papel: a dificuldade de não terem qualquer tradição em que se apoiar, ou de só terem algo tão pequeno e fragmentado que de pouco servia. Isso porque nós, mulheres, buscamos o passado por meio de nossas mães. E é inútil buscar ajuda entre os grandes escritores homens, por mais que recorramos a eles quando a busca é por prazer. Lamb, Browne, Thackeray, Newman, Sterne, Dickens, De Quincey — qualquer um deles — até hoje nunca ajudaram nenhuma mulher, embora elas possam ter aprendido alguns truques com eles, e os adaptado para uso próprio. O peso, o andamento, as passadas largas da mente masculina são estranhas demais a elas para que dali possam colher qualquer coisa de substancial. Aquela que macaqueia está distante demais para ser meticulosa.[6] Talvez a primeira coisa que ela descobriria, ao encostar a ponta da caneta no papel, era que não existia uma só frase pronta para ser usada. Todos os grandes romancistas homens, de Thackeray a Dickens e a Balzac, escreviam numa prosa natural, ágil sem ser descuidada, expressiva sem ser preciosista, segura das tonalidades individuais, sem deixar de pertencer à língua comum. O que se escrevia no começo do século XIX talvez funcionasse mais ou menos assim: "A grandeza do que eles escreviam servia de argumento para que continuas-

6 Referência à frase de R. L. Stevenson, que dizia "ter-se aplicado em macaquear Hazlitt, Lamb, Wordsworth...". Cf. "A College Magazine", in *Memories and Portraits* (Londres: Chatto and Windus, 1887), p. 59. [N. T.]

sem, e não de impedimento. Não havia, então, nada que os animasse ou satisfizesse mais do que exercer a própria arte e gerar frutos incontáveis de beleza e verdade. O sucesso incentiva a execução; e o hábito desencadeia o sucesso".[7] Essa é uma frase de homem; por trás dela, podemos ver Johnson, Gibbon e o resto da patota. De nada serviria a uma mulher uma frase como essa. Charlotte Brontë, com seu esplêndido talento para a prosa, ainda assim tropeçou e caiu enquanto segurava essa arma desajeitada. George Eliot cometeu atrocidades com ela, que são indescritíveis. Jane Austen olhou para ela, riu, e então concebeu uma outra frase, perfeitamente natural e estruturada, que serviu a seus propósitos, e se manteve com ela até o fim. Assim, com menos talento para a escrita que Charlotte Brontë, ela conseguiu dizer infinitamente mais. E se a essência da arte está na liberdade de se expressar plenamente, a ausência de tradição leva o escritor a trabalhar com as ferramentas erradas ou sem ferramentas, o que deve ter provocado efeitos enormes na escrita das mulheres. Além disso, um livro não se faz com frases amarradas uma na ponta da outra, e sim com frases construídas como arcadas ou domos, se quiserem uma imagem. E esse formato também foi criado por homens, para as suas necessidades e usos. Não há razão para acreditar que, se aquela frase não servia, a forma do épico ou do drama poético serviriam a uma mulher. Todas as formas antigas da literatura já estavam sedimentadas e cristalizadas no momento em que ela passou a escrever. Só restou o romance, jovem o bastante para ainda ser macio e moldável à mão — talvez fosse esse também um dos motivos para que a mulher escrevesse romances. Mas quem há de dizer, mesmo hoje, que "o romance" (entre

---

7   Com pequenas alterações, a autora cita William Hazlitt, em ensaio que discute "as obras de grandes pintores", "On Application to Study". Ver, do autor, o ensaio VI de *The Plain Speaker*, in *The Selected Writings of William Hazlitt* (Org. de Duncan Wu. Londres: Pickering and Chatto, 1998), vol. VIII, p. 55. [N. T.]

aspas, para reforçar minha impressão de que o termo é inadequado), que tem a forma mais flexível de todas, tem o formato certo para ser usado pela mulher? Assim que ela estiver livre para usar os braços, certamente vamos encontrá-la aos murros, tentando dar ao romance uma forma adequada; e descobrindo um novo veículo para a poesia que carrega, que não sabemos se será em versos. Porque a poesia ainda não tem por onde sair. E continuei a pensar em como uma mulher faria para escrever, nos dias de hoje, uma tragédia poética em cinco atos. Seria em versos? Por que não em prosa?

Mas essas são perguntas difíceis, que ficam no crepúsculo do futuro. Devo parar por aqui, e não só porque elas me incitam a me afastar do assunto e rumo a florestas não trilhadas, onde posso me perder e, é bem provável, ser devorada pelas feras. Não desejo, e imagino que vocês também não, tocar no assunto deprimente do futuro da ficção, então faço só uma pequena pausa neste instante para chamar a atenção de vocês para o grande papel que a condição física das mulheres terá no futuro. Todo livro precisa de algum jeito se adaptar a um corpo, e muitos diriam, sem parar para pensar, que os livros escritos por mulheres teriam que ser mais breves, mais concentrados do que os dos homens, e estruturados de modo a não demandar horas e horas de trabalho denso e ininterrupto. Porque sempre haverá interrupções. O que de novo dá a entender que os nervos conectados ao cérebro dos homens são diferentes dos das mulheres e, se quisermos que todos trabalhem no nível máximo de esforço e qualidade, temos que descobrir qual tratamento serve para cada um — se, por exemplo, essas palestras longuíssimas, supostamente concebidas por monges séculos atrás, funcionam para mulheres —, e qual alternância entre trabalho e repouso é necessária, levando em conta que repousar não significa não fazer nada, e sim fazer alguma coisa, mas uma coisa diferente; e qual seria essa diferença? Tudo isso está para ser discutido e descoberto; e tudo isso faz parte da pergunta sobre as mulheres e a ficção. E, no entanto, continuei, aproximando-me mais uma vez das estantes, onde encontrar um estudo minucioso da psicologia feminina feito por uma mulher? Se, por não serem boas no futebol, as mulheres não teriam permissão para exercer a profissão da medicina —

Felizmente, meus pensamentos mudaram de rota.

Capítulo v

Finalmente o ziguezague me levou às estantes com livros escritos por autores vivos; por mulheres e homens; hoje há quase tantos livros escritos por mulheres como por homens. Ou, se isso for um exagero, se o sexo masculino ainda for o mais loquaz, fato é que as mulheres não se restrigem mais à escrita de romances. Temos os livros de Jane Harrison, sobre arqueologia grega; os de Vernon Lee sobre estética; os de Gertrude Bell sobre a Pérsia. Há todo tipo de livro sobre todo tipo de assunto que na geração passada as mulheres teriam sido impedidas de explorar. Há poemas e teatro e crítica; livros de história e biografias, livros de viagem e livros acadêmicos e eruditos; e até mesmo alguns livros de filosofia ou ciência ou economia. E embora os romances sejam predominantes, o próprio romance pode muito bem ter mudado depois de circular ao lado desses livros de outra estirpe. Talvez a fase heroica da escrita feminina, com sua simplicidade natural, tenha ficado para trás. As leituras e a crítica podem ter fornecido às mulheres um campo mais amplo e cultivado nelas uma maior sutileza. O impulso autobiográfico talvez tenha se esgotado. E elas podem começar a usar a escrita como arte, e não como método de expressão. Em meio a esses novos romances, é possível que alguém encontre uma resposta para tantas dessas perguntas.

89

Apanhei um ao acaso. Era o último da prateleira, chamado *A aventura da vida*, ou algo do tipo, por Mary Carmichael, publicado em outubro passado. Parece ser seu primeiro livro, pensei comigo, mas devemos lê-lo como o mais recente de uma série razoavelmente longa, que começa com os poemas de Lady Winchilsea e as peças de Aphra Behn e os romances daquelas quatro grandes romancistas e todos aqueles outros livros que andei folheando. Porque os livros dão continuidade uns aos outros, a despeito do nosso hábito de julgá-los individualmente. E devo também considerá-la — essa mulher desconhecida — descendente de todas aquelas outras, cuja condição de vida estive observando, para ver o que ela herdou de características e limitações. Então respirei fundo, porque os romances muitas vezes são mais tédio que remédio, e nos fazem cair em sono profundo em vez de nos atiçar como um carvão em brasa, e me acomodei com um caderno e lápis em mãos, para ver o que conseguiria capturar desse romance inaugural de Mary Carmichael, *A aventura da vida*.

Para começar, passei os olhos na página, de cima a baixo. Vou sentir que cara têm as frases dela, falei, antes de ocupar minha memória com olhos azuis e castanhos e a relação que pode vir a existir entre Chloe e Roger. Teremos tempo para isso, quando eu tiver decidido se ela escreve com uma caneta ou com uma picareta. Provei uma frase ou outra com a língua. Logo percebi algo de errado. O deslizar macio de uma frase a outra estava entrecortado. Alguma coisa esgarçava, alguma coisa arranhava; aqui e ali, uma palavra solitária acendia um refletor em meus olhos. Era um caso de "incúria", como diziam nas peças antigamente. É como alguém que tenta riscar um fósforo e ele não acende, pensei. E por acaso, perguntei, como se ela estivesse presente, as frases de Jane Austen não são boas o bastante para você? É necessário jogá-las fora só porque Emma e o Sr. Woodhouse estão mortos? Que tristeza, suspirei, as coisas serem como são. Enquanto Jane Austen irrompe em melodias como Mozart irrompe em sinfonias, a leitura desse livro, por sua vez, era como estar num barquinho em alto-mar. É subir para depois afundar. Essa pressa, esse pulmão fraco poderiam ser indicativos de uma autora com medo; medo, talvez, de ser chamada de "sentimental"; ou então ela se lembra de que a escrita feminina foi muitas vezes descrita como floreada e, por isso, oferece uma abundância de espinhos; mas só depois que eu tiver lido uma frase com toda a atenção, poderei dizer ao certo se ela está agindo de acordo consigo mesma ou outra pessoa. De todo modo, não é que ela sufoque a vitalidade de quem lê, pensei, enquanto lia com mais atenção. Mas amontoa os fatos. Não tem como usar nem metade deles num livro desse tamanho. (É metade de um *Jane Eyre*.) E mesmo assim, de algum jeito, ela conseguiu enfiar todos nós — Roger, Chloe, Olivia, Tony e Mr. Bigham — numa canoa rio acima. Espera um pouco, falei, recostando na cadeira, tenho que ponderar tudo isso com mais atenção antes de prosseguir.

Tenho quase certeza de que Mary Carmichael está pregando uma peça na gente. Porque sinto o mesmo que as pessoas sentem numa montanha-russa, quando o carro parece que vai descer, mas então inverte a direção e volta a subir. Mary está adulterando a sequência esperada. Primeiro, quebrou a frase; agora, quebra a sequência. Muito bem, ela tem todo o direito de fazer ambas as coisas, desde que seja pelo bem da criação, e não da destruição. Não sei dizer ao certo qual dos dois é até que ela crie uma situação. Dou a ela, disse, toda a liberdade de escolher qual situação será; se quiser, pode fazê-la de latas e chaleiras velhas; mas terá que me convencer de que, para ela, se trata de uma situação; e, então, uma vez criada, vai precisar encará-la. Vai precisar se lançar. E, decidida a cumprir com meu dever de leitora, tanto quanto ela com seu dever de escritora, virei a página e li... peço desculpas pela interrupção repentina. É certo que não há homens aqui? Vocês prometem que atrás daquela cortina vermelha não está escondido um Sir Chartres Biron? Somos todas mulheres, vocês me garantem? Então posso contar que as palavras que li logo em seguida foram — "Chloe gostava de Olivia...". Não se assustem. Não se envergonhem. Vamos admitir, na privacidade da nossa própria companhia, que às vezes isso acontece. Às vezes uma mulher gosta de outra mulher.

"Chloe gostava de Olivia", eu li. E então me dei conta da imensidão da mudança contida ali. Talvez fosse a primeira vez na literatura que Chloe gostava de Olivia. Cleópatra não gostava de Otávia. E *Antônio e Cleópatra* seria completamente diferente se gostasse! Do jeito como as coisas são, pensei, e confesso que minha mente foi aos poucos se afastando de *A aventura da vida*, tudo é simplificado, convencionalizado, e num grau absurdo, ouso dizer. O único sentimento que Cleópatra nutre em relação a Otávia é a inveja. Será que ela é mais alta do que eu? Como faz para deixar o cabelo assim? Talvez a peça não precisasse de mais do que isso. Mas como teria sido interessante se a relação entre as duas mulheres fosse mais complicada. Todas essas relações entre mulheres, pensei, numa retomada rápida da maravilhosa galeria de mulheres ficcionalizadas, são simples demais. Tem tanto que ficou de fora, tanto que sequer foi experimentado. E tentei recuperar qualquer exemplo de livro em que duas mulheres fossem representadas como amigas. Em *Diana of the Crossways*, há uma tentativa disso. Em Racine e nas tragédias gregas, as mulheres são confidentes. Vez ou outra são mãe e filha. Mas quase sem exceção só as vemos em suas relações com homens. Era estranho pensar que todas as grandes mulheres da ficção, até a época de Jane Austen, além de serem vistas sempre pelo sexo oposto, eram vistas somente em relação ao sexo oposto. E como é pequena a parcela da vida feminina que isso representa; e como os homens sabem pouco daquilo que observam, tanto pelas lentes negras como pelas rosadas que o sexo põe em seu nariz. Talvez venha daí a natureza singular das mulheres na ficção; os extremos surpreendentes de beleza e horror; sua alternância entre bondade angelical e depravação infernal — porque é assim que um amante a enxerga, à medida que seu amor se eleva ou afunda, é feliz ou infeliz. É claro que o cenário não se aplica aos romancistas do século XIX. A mulher então se torna muito mais variada e complexa. De fato, foi a vontade de escrever sobre as mulheres que pode ter levado os homens a irem abandonando o drama poético que, de tão violento, não tinha como encaixá-las, e então eles elaboraram o romance, que parecia ser mais adequado. Ainda assim continua óbvio, até na obra de Proust, que os homens entendem pouco e mal as mulheres, e o mesmo vale para o que as mulheres entendem dos homens.

Além disso, continuei, de volta à página, é cada vez mais evidente que as mulheres, como os homens, têm outros interesses para além dos eternos interesses da vida doméstica. "Chloe gostava de Olivia. Elas dividiam um laboratório...". Segui lendo e descobri que essas duas jovens mulheres se ocupavam de fazer picadinho de fígado juntas, o que, pelo visto, é um remédio para os perigos da anemia; embora uma delas fosse casada e tivesse — acho que não me engano — dois filhos pequenos. Agora, essa parte, é claro, precisou ser deixada de lado, e então o esplêndido retrato ficcionalizado da mulher é simples e monótono demais. Imaginemos, por exemplo, que os homens só aparecessem na literatura como amantes das mulheres e nunca como amigos de outros homens, soldados, pensadores, sonhadores; quão poucos papéis Shakespeare teria para lhes dar; que perda para a literatura! Talvez sobrasse a maior parte de Otelo; e um bom tanto de Antônio; mas nada de César, nada de Bruto, nada de Hamlet, nada de Lear, nada de Jaques — enfim, a literatura ficaria incrivelmente pobre, como de fato é empobrecida além da conta pelas portas que continuam fechadas às mulheres. Casadas contra a própria vontade, mantidas num quarto, ocupadas com um só assunto, que dramaturgo poderia compor um relato pleno ou interessante ou verdadeiro sobre elas? Só o amor servia de intérprete. O poeta se via forçado a ser apaixonado ou amargurado, a menos que escolhesse de fato "odiar as mulheres", o que queria dizer, no mais das vezes, que elas não se sentiam atraídas por ele.

Agora, se Chloe gosta de Olivia e elas dividem um laboratório, o que já torna a amizade mais variada e duradoura por ser menos pessoal; se Mary Carmichael sabe escrever, e eu estava começando a apreciar algo de seu estilo; se ela tem um quarto só para ela, e disso não tenho certeza; se tem quinhentas libras por ano em seu nome — ainda não o podemos afirmar —, então acredito que algo de grande importância aconteceu aqui.

Porque se Chloe gostar de Olivia e Mary Carmichael souber expressá-lo, ela acenderá uma tocha num vasto cômodo, onde ninguém jamais entrou. Tudo lá permanece à meia-luz e em sombras profundas como naquelas cavernas serpenteantes por onde se caminha com uma vela nas mãos, olhando para todos os cantos, sem saber onde se pisa. E eu voltei a ler o livro, e fui acompanhando à medida que Chloe observava Olivia colocar um recipiente numa prateleira e dizer que era hora de ir para casa ver seus filhos. Essa é uma cena que, desde que o mundo é mundo, ninguém nunca viu, exclamei. E também a observei com muita curiosidade. Porque o que eu queria ver era como Mary Carmichael trabalhava para capturar esses gestos jamais registrados, essas palavras não ditas ou semiditas, que se formam quase tão vagas quanto as sombras das mariposas no teto, quando as mulheres estão sós, sem a luz caprichosa e colorida do sexo oposto. Ela vai ter que prender a respiração para continuar, falei, enquanto segui com a leitura; porque as mulheres ficam muito desconfiadas quando surge um interesse por elas sem um motivo claro por trás, de tanto que estão acostumadas a se esconder e se reprimir; é só um rápido olhar na direção delas que elas escapam. O único jeito de proceder, pensei, me dirigindo a Mary Carmichael como se ela estivesse ali, é falar de outro assunto, é olhar fixo pela janela, e não anotar com lápis num caderno, e sim registrar na taquigrafia mais rápida, com palavras que mal chegam a ter sílaba, o que acontece quando Olivia — esse organismo que vive há milhões de anos à sombra de uma pedra — sente a luz rebater nela, e vê chegando em sua direção um alimento diferente — o conhecimento, a aventura, a arte. E ela quer alcançá-lo, pensei, mais uma vez levantando o olhar da página, e tem que criar uma composição totalmente nova a partir dos seus recursos, que foram tão bem desenvolvidos para outros fins, de modo a absorver o novo em meio ao velho sem perturbar o equilíbrio perfeitamente entrelaçado e elaborado do todo.

Mas que desgraça, acabei fazendo o que eu estava decidida a não fazer; sem pensar, caí num elogio do meu próprio sexo. "Bem desenvolvido" — "perfeitamente entrelaçado" — não dá para negar que são termos elogiosos, e louvar o próprio sexo é sempre uma atitude suspeita, e muitas vezes tola; além disso, como justificar um elogio assim? Daria para pegar um mapa e afirmar que Colombo descobriu a América e Colombo era mulher; ou pegar uma maçã e dizer que Newton descobriu as leis da gravidade e que Newton era mulher; ou olhar para o céu e ver os aviões que sobrevoam nossas cabeças e dizer que o avião foi inventado por uma mulher? Ninguém deixou um risco na parede para medir a altura exata que as mulheres alcançaram. Não existe régua que divida precisamente em frações de polegadas as qualidades de uma boa mãe, a devoção de uma filha, a fidelidade de uma irmã ou os dotes de uma dona de casa. Ainda hoje, poucas mulheres receberam diplomas universitários; raras vezes foram submetidas às altas exigências profissionais, ao exército e à marinha, ao comércio, à política e à diplomacia. Elas permanecem, até o momento, praticamente fora de qualquer escalão. Mas se eu quiser aprender tudo o que a espécie humana pode informar sobre, digamos, Sir Hawley Butts, basta abrir um volume de Burke ou Debrett para descobrir que ele se graduou nisso e naquilo; é dono de uma mansão; era herdeiro; foi Secretário numa Comissão; representou a Grã-Bretanha no Canadá; recebeu diplomas, cargos, medalhas e tantas outras distinções por meio das quais seus méritos ficam carimbados para sempre. Só Deus sabe mais do que isso a respeito de Sir Hawley Butts.

Por isso, quando falo em "bem desenvolvido" e "perfeitamente entrelaçado", me referindo às mulheres, não tenho como verificar se as palavras estão certas de acordo com Whitaker, Debrett ou o almanaque universitário. O que fazer nessa situação? E olhei novamente as estantes. Aqui estão as biografias: Johnson e Goethe e Carlyle e Sterne e Cowper e Shelley e Voltaire e Browning e outros. E comecei a pensar naqueles grandes homens que, pelo motivo que fosse, admiraram, buscaram, viveram lado a lado com, contaram seus segredos para, amaram, escreveram a respeito de, confiaram em, e demonstraram ter o que só pode ser descrito como um certo grau de necessidade e dependência do sexo oposto. Que todas essas relações fossem absolutamente platônicas é algo que eu não diria, e Sir William Joynson Hicks provavelmente negaria. Mas seria injusto para com esses homens ilustres se insistíssemos em que todo o proveito que tiravam dessas alianças se resumia a serem reconfortados, bajulados e satisfeitos fisicamente. O que eles tiravam, é óbvio, era algo que o sexo masculino era incapaz de prover; e não seria de todo precipitado deter-se nessa definição sem precisar citar as palavras sem dúvida arrebatadoras dos poetas, e dissesse ser um tipo de estímulo, uma renovação do poder criativo que só o sexo oposto pode oferecer. O homem abria a porta de uma sala ou do quarto das crianças, pensei, e encontrava a mulher talvez em meio aos filhos, ou com um bordado no colo — ou, de todo modo, no meio de uma organização ou de um sistema de vida distinto do seu, e o contraste entre esse mundo e o que ele conhecia, que talvez fosse o dos tribunais jurídicos, ou o da Câmara dos Comuns, seria uma lufada de ar fresco, revigorante; e em seguida, até mesmo as conversas mais simples, em que se manifestavam opiniões necessariamente diferentes, fertilizariam suas ideias áridas; e a visão dela criando algo num meio que não é igual ao seu daria vida às forças criativas de tal modo que, sem que ele se desse conta, sua mente estéril começaria a traçar novos esquemas, e ele encontraria a frase ou cena que faltava quando pusera o chapéu na cabeça antes de sair para visitá-la. Todo Johnson tem uma Thrale, e se apega a ela por motivos como esses, e quando Thrale se casa com o professor de música italiano, Johnson quase enlouquece de raiva e asco, não só pela falta que vai sentir das noites agradáveis em Streatham, mas também porque a luz de sua vida terá "sido extinta".

E sem precisar ser Dr. Johnson nem Goethe nem Carlyle nem Voltaire, é possível sentir, embora de uma maneira totalmente diferente dos grandes homens, a natureza daquele entrelaçamento e a força da faculdade criativa bem desenvolvida das mulheres. Entramos no quarto — mas faltam recursos à língua inglesa, e uma avalanche de palavras ilegítimas precisa forjar o próprio nascimento para que uma mulher possa descrever o que acontece quando ela entra num quarto. Cada quarto é completamente único; pode ser calmo ou tempestuoso; com vista para o mar ou, pelo contrário, para uma prisão; ter roupas secando; ou joias e sedas luminosas; duro como crina de cavalo ou macio como pluma — basta entrar em qualquer quarto em qualquer rua para que, em sua totalidade, a força extremamente complexa da feminilidade venha voando até você. E como poderia ser diferente? Há milhões de anos as mulheres ficam sentadas dentro de casa, de modo que as paredes já devem estar permeadas da força criativa feminina que, de fato, sobrecarrega os tijolos e a argamassa, e precisa ser domada por canetas e pincéis e negócios e políticas. Mas essa força criativa difere muito da força criativa dos homens. E é preciso concluir que causaria enorme tristeza caso ela fosse proibida ou desperdiçada, porque foi conquistada com séculos de uma disciplina rigorosíssima, e não há nada que possa substituí-la. Seria uma tristeza enorme se as mulheres escrevessem como os homens, ou vivessem como os homens, ou se parecessem com eles, porque afinal, se é inadequado termos dois sexos, porque o mundo é grande e variado, que dirá ter apenas um? Não seria melhor se a educação exaltasse e fortalecesse as diferenças, e não as semelhanças? Já basta de semelhanças, e se algum explorador voltasse com relatos de ainda outros sexos, que olham por entre os galhos das árvores para outros céus, seria um grande avanço para a humanidade; e enfim teríamos o enorme prazer de observar o Professor x às voltas com suas réguas e padrões de medida, correndo para provar que ele é "superior".

Mary Carmichael, pensei, ainda um pouco afastada, sobrevoando a página, vai cortar um dobrado para se manter como mera observadora. Na verdade, o que eu temo é que ela ceda à tentação de se transformar naquela que acredito ser a variante menos interessante da espécie — a romancista-naturalista, e não a romancista-contemplativa. Há tantos fatos novos para observar. Ela não precisa mais se limitar às casas respeitáveis da classe média alta. Pode entrar sem agrados nem condescendência, e sim com espírito de camaradagem, nos quartos pequenos e perfumados onde sentam a cortesã, a prostituta e a madame com um cachorrinho de colo. Elas ainda estão ali sentadas, com roupas grosseiras e prontas a vestir com as quais o escritor homem precisou obrigatoriamente cobri-las. Mas Mary Carmichael vai entrar com uma tesoura em mãos, perseguindo cada curva e ângulo. Será curioso ver, chegada a hora, a cena dessas mulheres sendo como são, mas temos que esperar um instante, porque Mary Carmichael continua atrapalhada com a insegurança que acompanha de perto o "pecado", esse legado de nossa barbárie sexual. Ela ainda tem aquela velha algema enferrujada em torno dos calcanhares, chamada classe.

A maior parte das mulheres, porém, não é prostituta nem cortesã; elas não passam as tardes de verão sentadas, agarradas a cachorrinhos de colo e a veludo empoeirado. Então do que se ocupam? E me veio à cabeça uma daquelas ruas compridas em algum lugar ao sul do rio, de infinitas quadras e população imensurável. Com o olho da imaginação, vi uma idosa atravessando a rua de braços dados com uma mulher de meia-idade, talvez sua filha, ambas decentemente calçadas e vestindo peles de tal modo que se tinha impressão de que, para se apresentarem daquela maneira, observavam um ritual todas as tardes, ano após ano, até que chegasse o verão, e essas roupas fossem guardadas com cânfora nos armários. Atravessam a rua na hora em que as luzes se acendem (porque o entardecer é o horário preferido das duas), como sem dúvida vêm fazendo ano após ano. A mais velha tem quase oitenta anos; mas se alguém lhe perguntasse qual o sentido de sua vida, ela contaria as lembranças das ruas iluminadas para a batalha de Balaclava, ou dos tiros que ouviu em Hyde Park anunciando o nascimento do Rei Edward VII. E se alguém, querendo especificar determinado momento com dia e estação, lhe perguntasse o que você estava fazendo no dia 5 de abril de 1868, ou no dia 2 de novembro de 1875, ela diria, com o olhar vago, não se lembrar de nada. Pois todos os jantares foram servidos; os pratos e copos, lavados; os filhos foram à escola e depois ganharam o mundo. Nada ficou. Tudo se foi. Não há biografia ou livro de história que dedique sequer uma palavra a isso. E os romances, mesmo que não o queiram, não fazem senão mentir.

Essas inúmeras vidas obscuras estão à espera de ser contadas, disse, me dirigindo a Mary Carmichael como se ela estivesse presente; e segui em pensamento pelas ruas de Londres, sentindo, pura imaginação, a pressão da mudez, o acúmulo das vidas não contadas, fosse das mulheres nas esquinas com as mãos na cintura e anéis cortando a carne de seus dedos gordos e inchados, mulheres que falam e gesticulam com o balanço das palavras de Shakespeare; fosse das vendedoras de violetas ou fósforos, as velhas caducas paradas no meio do caminho; moças à toa, cujo rosto é capaz de indicar, como o vento no sol e nas nuvens, se algum homem ou mulher se aproxima, e o apagar das luzes nas janelas das vitrines. Tudo isso, Mary Carmichael, você vai ter que explorar, com a tocha firme nas mãos. Acima de tudo, vai ter que iluminar a própria alma, nas suas profundezas e superficialidades, nas vaidades e na abundância, e dizer o que significam para você a beleza e a feiura que você mesma tem, e a relação que existe entre você e o mundo eternamente em mutação de luvas, sapatos e badulaques suspensos em meio aos suaves perfumes que escapam dos vidros do boticário em direção às galerias de lojas de tecidos, derramando-se sobre um chão de falso mármore. Pois na minha imaginação eu tinha entrado numa loja; o piso era preto e branco; das paredes pendiam fitas coloridas de uma beleza assombrosa. Mary

Carmichael poderia muito bem dar uma olhada aqui, pensei, porque é uma paisagem que serve à escrita tanto quanto um pico nevado ou um desfiladeiro rochoso nos Andes. E ainda por cima tem a garota atrás do balcão — eu daria mais pela história verdadeira dela do que pela enésima vida de Napoleão, o septuagésimo ensaio sobre Keats e seu uso da inversão miltoniana que o velho Professor Z e seus colegas estão redigindo agora mesmo. E então segui muito cuidadosamente, nas pontas dos pés (é o tamanho da minha covardia, do medo dos flagelos que já quase sofri), murmurando que ela deveria além de tudo aprender a rir, sem amargura, das vaidades — ou melhor, das peculiaridades, que é uma palavra menos ofensiva — do outro sexo. Porque em cada pessoa existe uma mancha do tamanho de uma moeda bem atrás da cabeça, que ninguém é capaz de ver por conta própria. Um dos bons serviços que um sexo pode oferecer ao outro é descrever essa mancha do tamanho de uma moeda atrás da cabeça. Pensem no tanto que as mulheres ganharam com os comentários de Juvenal; com as críticas de Strindberg. Pensem com que compaixão e inteligência os homens vêm apontando, desde os tempos mais remotos, essa mancha na nuca das mulheres! E se Mary fosse mesmo muito corajosa e muito honesta, caminharia atrás do sexo oposto e nos contaria o que viu. Um retrato verdadeiro e completo dos homens só será pintado quando uma mulher descrever essa mancha do tamanho de uma moeda. O Sr. Woodhouse e o Sr. Casaubon são manchas desse tamanho e dessa natureza. É claro que ninguém em sã consciência daria a ela o conselho de apelar e partir para o desprezo e o ridículo — a literatura mostra como são vãs as tentativas de escrever nesse espírito. Seja honesta, poderíamos dizer, e o resultado só poderá ser incrivelmente interessante. A comédia vai ficar mais rica. Novos fatos serão descobertos.

Estava na hora, porém, de baixar os olhos para voltar à página. Seria melhor ver o que Mary Carmichael tinha escrito em vez de especular sobre o que ela teria ou deveria escrever. Então voltei à leitura. Lembrei das queixas que tive a respeito dela. Ela optara por quebrar as frases de Jane Austen e com isso me roubara a chance de me vangloriar por ter um gosto impecável, um ouvido apurado. Porque era inútil dizer "Sim, sim, tudo muito bom; mas Jane Austen era uma escritora muito melhor do que você", quando, na verdade, eu tinha que admitir que não havia nada em comum entre elas. E Mary Carmichael ainda foi além, e quebrou a sequência — a ordem esperada. Talvez fosse um ato inconsciente, e ela só estava pondo cada coisa em seu lugar, o que é típico das mulheres, se ela estivesse escrevendo como mulher. Mas por algum motivo o efeito era desconcertante; não dava para ver uma onda subindo ou uma crise quando vêm apontando na esquina. Por isso, não pude me parabenizar nem pela profundidade dos meus sentimentos, nem por um profundo conhecimento da alma humana. Porque toda vez que eu me via prestes a ter sentimentos esperados, nos lugares esperados, fosse sobre o amor ou a morte, essa criatura irritante me puxava para longe dali, como se o importante mesmo estivesse um pouco mais adiante. E com isso ela impediu que eu me desdobrasse em frases sonoras sobre "os sentimentos elementares", a "matéria comum da humanidade", "os abismos do coração humano", e tantas outras que corroboram nossa crença de que, por mais espertinhos que sejamos na superfície, no fundo somos muito sérios, muito profundos e muito humanos. Ela me fez sentir, pelo contrário, que em vez de sérias e profundas e humanas, minhas ideias talvez fossem — e essa era uma visão muito menos sedutora — simplesmente preguiçosas e, além de tudo, convencionais.

Mas segui lendo e reparei em alguns outros fatos. Que ela não era um "gênio", isso era óbvio. Não tinha nada ali do amor pela natureza, da imaginação incandescente, da poesia selvagem, da inteligência brilhante, da sabedoria meditativa de suas grandes antecessoras, Lady Winchilsea, Charlotte Brontë, Emily Brontë, Jane Austen e George Eliot; ela não escreveu com a mesma melodia e dignidade que Dorothy Osborne — a verdade é que ela não passa de uma moça esperta cujos livros se transformarão em material reciclável daqui a dez anos. Mas ainda assim, ela tem privilégios que, cinquenta anos atrás, mulheres de talento infinitamente superior não puderam ter. Para ela, os homens não são mais "a facção contrária"; ela não precisa perder tempo se esgoelando diante deles; não tem por que escalar o telhado e sacrificar sua paz de espírito sonhando com viagens, experiências e um conhecimento do mundo e das pessoas que lhe foram negados. O medo e o ódio praticamente sumiram, só encontramos vestígios deles num certo exagero quanto às alegrias da liberdade, na tendência ao humor cáustico e à sátira, e não ao romantismo, e na maneira como trata o outro sexo. Então não restam dúvidas de que, como romancista, ela pôde aproveitar certas vantagens naturais de alto nível. Era dona de uma sensibilidade muito ampla, ambiciosa e livre. Uma sensibilidade que respondia ao menor toque, até o mais imperceptível. Como uma planta recém-desabrochada, ela se banqueteava com toda imagem e som que vinham em sua direção. E se esparramava, sutil e curiosa, pelo que há de menos conhecido, menos registrado; pousava nas coisas minúsculas revelando que elas não eram, afinal, tão pequenas. Ela trouxe à luz o que estava enterrado e nos fez questionar a necessidade de tê-lo soterrado. Desajeitada, sim, e desprovida da carga inconsciente de um legado profundo que faz a mínima frase de um Thackeray ou de um Lamb soar deliciosa, mas ela tinha aprendido — comecei a entender — a primeira grande lição; ela escrevia como mulher, mas como uma que esqueceu da própria condição, de modo que suas páginas fossem cheias de uma qualidade sexual instigante, que só vem à tona quando o sexo não presta atenção em si mesmo.

Tudo isso é ponto positivo. Mas de nada serve essa abundância de sensações e percepções finas se, a partir do fugaz e íntimo, ela não for capaz de construir um edifício duradouro, que permaneça inabalado. Eu havia dito que estava à espera do momento em que ela se colocaria diante de uma "situação". E com isso quis falar do momento em que ela se provaria capaz de convocar, invocar e reunir algo além da superfície, mergulhando no profundo. É agora, ela diria para si mesma num determinado momento, é agora que, sem recorrer a um gesto violento, vou poder mostrar o sentido oculto. E então começaria — quando o impulso vem, é inconfundível! —, convocando, invocando, e surgiriam na memória, talvez meio esquecidos, elementos bastante banais deixados para trás nos capítulos anteriores. E ela os faria presentes enquanto alguém costura ou fuma um cachimbo com a maior naturalidade, e nós sentiríamos, à medida que ela fosse escrevendo, que fomos transportados ao topo do mundo e o vimos por inteiro, majestoso, a nossos pés.

De todo modo, era o que ela estava tentando fazer. E vi como avançava e testava, e vi, mas torci para que ela não visse, os bispos e reitores, os médicos e professores, os patriarcas e pedagogos aos berros com seus conselhos e avisos. Você não pode fazer isso e não deve fazer aquilo! O gramado é exclusivo para alunos e professores! Uma mulher só pode entrar com uma carta de apresentação! Todas as encantadoras moças aspirantes a romancistas por aqui! E continuaram provocando-a, como a multidão na arquibancada assistindo à partida de esgrima ou a uma corrida de cavalo, e era a vez de ela saltar a cerca sem olhar para os lados. Se parar para confrontá-los, você põe tudo a perder, falei; o mesmo vale se você parar para rir. É hesitar ou se atrapalhar e você entrega os pontos. Não pense em nada além do salto, implorei, como se tivesse apostado todo o meu dinheiro nela; e ela saltou como um pássaro. Mas logo apareceu mais uma cerca, e então outra. Duvidei se ela teria a resiliência necessária, considerando o desgaste que os aplausos e gritos provocam nos nervos. Mas ela deu tudo de si. Lembrando que Mary Carmichael não é nenhum gênio, e sim uma garota desconhecida escrevendo seu primeiro romance num quarto e sala, sem o mínimo necessário daqueles itens desejáveis, tempo, dinheiro e ócio, até que ela não se saiu tão mal, pensei.

Deem-lhe mais cem anos, concluí, lendo o último capítulo — as pessoas agora tinham o nariz e os ombros descobertos, contrastando com o céu estrelado, porque alguém havia aberto uma fresta na cortina da sala —, deem a ela mais cem anos e um quarto só para ela e quinhentas libras por ano, permitam que ela fale o que pensa e que deixe de fora metade do que botou aqui, e talvez acabe escrevendo um livro melhor. Mais cem anos, falei, devolvendo *A aventura da vida*, de Mary Carmichael, ao final da prateleira, e ela será poeta.

Capítulo VI

No dia seguinte, a luz de manhã de outubro atravessava as janelas descortinadas, iluminando a poeira, e o zumbido do trânsito
subia das ruas. Londres começava a engrenar mais uma vez; as
fábricas despertavam; as máquinas funcionavam. Depois de
uma imersão nos livros, era tentador olhar para fora e ver o que
Londres estava fazendo naquela manhã de 26 de outubro de
1928. E o que a cidade fazia? Ninguém, ao que parece, estava
lendo *Antônio e Cleópatra*. Londres permanecia absolutamente
alheia às peças de Shakespeare. Ninguém dava a mínima — e
não os culpo — pelo futuro da ficção, a morte da poesia ou
pelo desenvolvimento de um estilo de prosa próprio da mulher
comum, que desse voz aos pensamentos dela. Mesmo que se
escrevesse a giz, na calçada, uma opinião sobre esses assuntos,
ninguém abaixaria a cabeça para ler. A indiferença dos pés
apressados apagaria as letras em meia hora. Por aqui passou um
garoto de recados; em seguida, uma mulher com um cachorro
na coleira. O que fascina nas ruas de Londres é a singularidade
das pessoas; cada uma parece atada a um assunto particular,
que só interessa a ela. Passaram os tipos empresários, com suas
pastas; os vagabundos, batendo com gravetos nas grades; os tipos afáveis, para quem as ruas são um evento social, e acenam
para pessoas nos carros e dão informações sem que ninguém

as peça. Também passavam os carros fúnebres, em respeito aos quais os homens tiravam o chapéu, tomados pela consciência súbita de que um dia também vão morrer. Então um senhor muito distinto aproximou-se lentamente de uma porta e fez uma pausa para não esbarrar numa senhora agitada que, sabe-se lá como, havia adquirido um maravilhoso casaco de pele e um buquê de violetas de Parma. Cada um parecia independente, concentrado em si mesmo e nos próprios assuntos.

Nesse instante, como muitas vezes acontece em Londres, sobreveio a mais completa calmaria e o trânsito foi suspenso. Nada descia a rua; ninguém passava. Uma folha solitária se desgarrou da árvore outonal no fim da rua e, naquele momento de pausa e suspensão, caiu. Era como um sinal que caía, um sinal que apontava para o poder que há nas coisas às quais não damos atenção. Parecia apontar para um rio que corria invisível pela esquina e pela rua e arrastava consigo as pessoas, assim como o riacho em Oxbridge havia arrastado as folhas mortas e o estudante em seu barco. Agora ele transportava, de um lado da calçada ao outro, uma garota de botas de couro e, em seguida, um jovem de sobretudo bordô; e também um táxi; e reuniu os três no ponto preciso sob minha janela; o táxi então parou; a garota e o jovem então pararam; e os dois entraram no táxi; e o táxi foi embora deslizando, como se a corrente o arrastasse em outra direção.

Não que fosse uma cena rara; o estranho era a sequência ritmada que minha imaginação imprimira nela; e o fato de essa visão banal de duas pessoas entrando num táxi ter o poder de comunicar algo de sua própria aparente satisfação. Pelo jeito, a visão de duas pessoas caminhando pela rua e se encontrando na esquina alivia alguma tensão mental, pensei, de olho no táxi que dobrava a esquina e sumia. Talvez exija esforço pensar em dois sexos distintos, como eu vinha fazendo nesses últimos dias. Atrapalha a unidade da mente. Agora o esforço havia cessado e a unidade tinha sido restaurada pela visão de duas pessoas se juntando para entrar num táxi. A mente é sem dúvida um órgão muito misterioso, pensei, afastando a cabeça da janela; não sabemos absolutamente nada a seu respeito e, no entanto, dependemos dela em todos os sentidos. Por que sinto que existem cisões e oposições no interior da mente, assim como sentimos tensões no corpo que vêm de causas físicas evidentes? O que queremos dizer com "a unidade da mente"? Era o que me perguntava, já que a mente tem uma capacidade tão óbvia de, a qualquer hora, mudar completamente de foco, que é como se ela não tivesse um estado de unidade. Ela pode se separar das pessoas na rua, por exemplo, e passar a refletir sobre sobre si mesma como se num estado alheio ao delas, do alto de uma janela de segundo andar, olhando para baixo. Ou de repente pode pensar com mais pessoas, em meio a uma multidão reunida para ouvir uma notícia lida em voz alta. Pode percorrer uma linhagem de pais ou mães, como eu fiz ao falar que a mulher que escreve parte de suas mães e avós. E, é claro, para uma mulher, é comum ser surpreendida por uma divisão mental repentina ao caminhar por Whitehall e, sendo herdeira natural daquela civilização, perceber-se, ao contrário, distante dela, alheia e crítica. A mente está sempre mudando seu enfoque, isso é evidente, e o mundo vai se enquadrando em perspectivas diferentes. Mas ainda que esses estados mentais sejam adotados por livre e espontânea vontade, nem todos parecem confortáveis. Para manter-se neles por mais do que alguns instantes, é preciso estar o tempo todo se contendo inconscientemente, de modo que, com o passar do tempo, essa contenção se torna um esforço. Mas talvez exista algum estado mental em que possamos permanecer sem esforço, sem essa necessidade de contenção. E este aqui, pensei, afastando a cabeça da janela, é um desses estados. Porque sem dúvida, quando vi o casal entrar no táxi, a sensação foi como se minha mente, até então cindida, se reintegrasse sozinha, por fusão. O motivo óbvio seria dizer que é normal os dois sexos se unirem. Por mais irracional que seja, é instintiva e arraigada em nós a ideia de que a união do homem com a mulher leva à maior das satisfações e alegrias. Mas a visão das duas pessoas entrando no táxi e a satisfação que senti também me fizeram questionar se há dois sexos na mente, como no corpo, e se eles por acaso precisam ser integrados de modo a promover a alegria e felicidade completas. E assim segui sem saber bem o que fazia, esboçando uma alma com duas forças, uma masculina e uma feminina, em cada indivíduo; e no cérebro do homem, a força masculina se sobrepõe à feminina, e no cérebro da mulher, a feminina se sobrepõe à masculina. O estado normal e confortável é aquele em que as duas vivem juntas em harmonia, em cumplicidade espiritual. No caso do homem, a parte feminina do cérebro deve permanecer habilitada; e a mulher também deve ter como interlocutor o homem que a habita. Talvez fosse isso que Coleridge queria dizer quando afirmou que toda grande mente é andrógina. É só quando acontece essa fusão que a mente se torna plenamente fértil e dona das próprias faculdades. Uma mente exclusivamente masculina talvez não seja capaz de criar, e o mesmo vale para a mente exclusivamente feminina, pensei. Mas talvez fosse o caso de parar e consultar um livro ou outro para pôr à prova o que significa o homem-feminino e seu contrário, a mulher-masculina.

Quando Coleridge falou que toda grande mente é andrógina, ele não a estava definindo como singularmente simpática às mulheres; como uma mente que assume a causa feminina ou se dedica a interpretá-las. Talvez a mente andrógina seja menos apta a fazer essas distinções do que a mente de sexo único. Talvez Coleridge quisesse dizer que a mente andrógina é ressonante e porosa; ela transmite emoções sem bloqueios; é naturalmente criativa, incandescente e sem divisão. Faz pensar na mente de Shakespeare, inclusive, como um tipo de mente andrógina, masculino-feminina, embora seja impossível saber o que ele pensava das mulheres. E se é verdade que um dos indicativos de uma mente plenamente desenvolvida é o fato de ela não dar destaque ou relevância a um dos sexos, é muito mais difícil atingir essa condição hoje. Aqui deparei com livros escritos por autores vivos, e fiquei um instante me perguntando se não estava aí a raiz dos problemas que há muito me intrigavam. Não há época que se ocupe tão fortemente com o sexo como a nossa; que o digam esses incontáveis livros sobre mulheres escritos por homens e enfileirados no Museu Britânico. A campanha pelo sufrágio sem dúvida tem sua parcela de culpa. Deve ter atiçado nos homens um desejo extraordinário de autoafirmação; deve tê-los levado a exaltar o próprio sexo assim como características que eles sequer teriam notado se não tivessem se sentido desafiados. E quem se percebe desafiado, ainda que por uma meia dúzia de mulheres de boina preta, busca em seguida uma retaliação um tanto excessiva, sobretudo se nunca foi desafiado antes. Talvez seja essa a explicação por trás de algumas características que me lembro de ter encontrado aqui, pensei, apanhando um novo romance escrito pelo Sr. A., que está no auge da vida e, ao que tudo indica, é amplamente admirado pelos críticos. Abri o livro. De fato, era um prazer voltar a ler a escrita de um homem. Tão reta, tão direta em comparação com a escrita das mulheres. Sugeria uma tamanha liberdade mental, liberdade de vida e confiança em si. Estar na presença dessa mente bem-nutrida, bem-educada e livre, que nunca enfrentou contrariedades ou oposições, que se viu em plena liberdade desde o dia em que nasceu, livre para esticar as pernas na direção que bem entendesse — chegava a dar uma sensação de bem-estar físico. Tudo isso era admirável. Mas depois de avançar um pouco nos capítulos, vi uma sombra se projetar na página. Era uma sombra escura e densa, uma sombra com o formato do pronome "eu". Comecei a me esquivar para os lados a fim de ver um pouco da paisagem atrás da sombra. Não dava para ter certeza se havia uma árvore ou uma mulher caminhando. O pronome "eu" convocava o olhar de volta a ele o tempo todo. Aos poucos, o "eu" foi me cansando. Não que esse "eu" fosse um "eu" pouco respeitável; não que deixasse de ser honesto e racional; ou duro como uma casca de noz polida por séculos de boa educação e nutrição. Eu respeito e admiro esse "eu" do fundo do coração. Mas — e então virei uma ou duas páginas, procurando algo diferente — o problema é que na sombra do "eu" tudo fica indefinido e vago como na neblina. É uma árvore? Não, é uma mulher. Mas... ela não tem um só osso no corpo, pensei, de olho em Phoebe, porque era esse seu nome, que avançava pela praia. Então Alan pôs-se de pé, e a sombra de Alan imediatamente apagou Phoebe. Porque Alan chegou com suas opiniões e Phoebe foi afogada pela enchente de pontos de vista dele. E além disso, Alan tem paixões; e aqui eu passei as páginas rapidamente, sentindo que uma crise se aproximava; e dito e feito. Ela surgiu na praia, em pleno sol. Tudo às claras. Tudo com muito vigor. Tudo muito indecente. Mas... eu já disse "mas" repetidas vezes. Não dá para seguir dizendo "mas". É preciso concluir a frase, eu me cobrei. É preciso concluir. "Mas — que tédio!" Mas por que eu estava entediada? Em parte por causa da dominação do pronome "eu" e da aridez que ele provoca com sua sombra, como uma enorme faia. Impossível existir vida ali. E em parte por um motivo mais obscuro. Parecia haver um obstáculo, algo travado na mente do Sr. A. que bloqueia a fonte da energia criativa e a encerra em limites estreitos. E lembrei-me do almoço em Oxbridge, das cinzas do cigarro e do gato manês e de Tennyson e Christina Rossetti todos amontoados, e me pareceu possível que o impedimento estivesse ali. Porque se ele já não sussurra "Caiu uma lágrima luminosa do maracujá trepado à porta" quando Phoebe atravessa a praia, e ela já não responde "Meu coração é um pássaro que canta, ele descansa num ninho macio" quando Alan se aproxima, o que ele poderia fazer? Honesto como um céu aberto e racional como a luz do sol, ele só pode fazer uma coisa. E ele a faz, sejamos justas, e faz e faz (disse, virando as páginas) e faz. E isso parece estranhamente sem graça, acrescentei, consciente da natureza terrível dessa confissão. A indecência de Shakespeare revira as raízes da nossa mente, e não é nada sem graça. Mas é algo que Shakespeare faz por gosto; o Sr. A., como diria a babá, faz por birra. E como protesto. Ele afirma que seu sexo é superior, como expressão de protesto contra a igualdade dos sexos. Portanto, está tão impedido e inibido e inseguro quanto Shakespeare estaria se ele também tivesse conhecido a senhorita Clough e a senhorita Davies. Sem dúvida, a literatura elizabetana teria sido outra se o movimento das mulheres tivesse começado no século XVI, e não no XIX.

Finalmente, o que se conclui disso é que se a teoria da mente bilateral estiver correta, a virilidade ficou insegura da própria existência — quer dizer, os homens agora escrevem só com o lado masculino do cérebro. Para a mulher, é um erro ler o que eles escrevem, porque não vai encontrar ali o que procura. O que mais faz falta é o poder da sugestão, pensei, e apanhei um volume do crítico Sr. B. para com muito cuidado e respeito, ler o que ele tinha a dizer sobre a arte da poesia. Seus comentários eram muito competentes, penetrantes e eruditos; mas o problema é que as emoções não mais se comunicavam; sua mente parecia ter se separado em compartimentos diferentes; nem o som vazava de um lado para o outro. Assim, quando tomamos uma frase do Sr. B. e a introduzimos em nossa mente, ela cai dura no chão — morta; enquanto uma frase de Coleridge explode na mente, e dela nascem mais e mais ideias, e essa é a única forma de escrita sobre a qual podemos afirmar que detém o segredo da duração eterna.

Seja lá qual for o motivo, é um fato que se deve lamentar. Porque o que ele significa — e agora me aproximava dos livros enfileirados dos Srs. Galsworthy e Kipling — é que algumas das melhores obras dos autores de hoje vão cair em ouvidos moucos. Não importa o que ela faça, nenhuma mulher vai encontrar neles aquela fonte da vida eterna que os críticos juram ter visto ali. O problema não é só esses livros valorizarem as virtudes masculinas, que impõem os valores da masculinidade e descrevem o mundo dos homens; é que a emoção neles contida é incompreensível para uma mulher. Está chegando, está crescendo, está prestes a estourar sobre nós, é o que começamos a dizer muito antes de chegar ao fim. Aquele quadro vai cair na cabeça do bom e velho Jolyon;[1] ele vai morrer com o susto; o velho clérigo vai falar uma ou outra palavra diante de seu corpo, no velório; e todos os cisnes do Tâmisa vão irromper num canto uníssono. Mas antes que tudo isso aconteça, já teremos corrido para nos esconder atrás da moita, porque essa emoção tão profunda, tão sutil e tão simbólica para um homem deixa as mulheres perplexas. É assim com os oficiais de Kipling quando dão as costas; e seus Semeadores que semeiam a Semente; e seus Homens sós com seus Trabalhos; e a Bandeira — e todas essas letras maiúsculas nos enchem de vergonha como se tivéssemos sido pegas bisbilhotando uma orgia exclusivamente masculina. Fato é que nem o Sr. Galsworthy, nem o Sr. Kipling possuem uma só centelha feminina. Por isso, se pudermos generalizar, todas as suas qualidades parecem rudes e infantis aos olhos de uma mulher. Falta uma força sugestiva. E quando falta a um livro a força sugestiva, por maior que seja seu impacto na superfície da mente, ele não consegue penetrá-la.

E nesse estado de inquietação no qual pegamos um livro atrás do outro e os recolocamos na estante sem olhar, comecei a imaginar uma era vindoura, uma era de virilidade pura e esbanjadora, da qual as cartas dos professores (as de Sir Walter Raleigh, por exemplo) parecem ser um presságio e que os governantes da Itália já encarnam. Porque em Roma é difícil não se impactar com a sensação de haver ali uma masculinidade plena; e qualquer que seja o valor dessa masculinidade plena para o Estado, aqui podemos questionar que valor ela tem para a arte da poesia. Seja como for, segundo os jornais, há uma certa ansiedade rondando a ficção na Itália. Os acadêmicos se reuniram com objetivo de "desenvolver o romance italiano". "Homens famosos de nascença, ou do mundo financeiro e da indústria ou das corporações fascistas" se juntaram recentemente e debateram o assunto e um telegrama foi enviado ao Duce para contar

1   Jolyon é o patriarca da trilogia de romances conhecida como a *Saga Forsyte*, de John Galsworthy (1922). [N. T.]

da esperança de que "a era fascista logo dê à luz um poeta à sua altura". Todos podemos tomar parte dessa pia esperança, mas resta a dúvida se a poesia pode nascer de uma incubadora. A poesia precisa de mãe, tanto quanto de pai. Há motivos para temer que o poema fascista seja uma aberração abortiva dessas que vemos em frascos de vidro nos museus de cidades do interior. São monstros de vida breve, dizem; um ser prodigioso como esse nunca foi visto aparando a grama de um campo. Duas cabeças num só corpo não dobram a expectativa de uma vida.

No entanto, o culpado, se querem mesmo culpar alguém, é tanto um sexo como o outro. Os sedutores e os reformistas são os responsáveis: Lady Bessborough, quando mentiu a respeito de Lorde Granville; a senhorita Davies, quando falou a verdade ao Sr. Greg. Todos aqueles que trouxeram à tona esse estado de autoconsciência dos sexos têm culpa e, quando pego um livro para alargar meus pensamentos, são eles que me obrigam a ir atrás daquela época feliz, anterior ao nascimento das senhoritas Davies e Clough, em que os escritores usavam os dois lados da mente harmoniosamente. É preciso voltar a Shakespeare, então, porque Shakespeare era andrógino; assim como Keats e Sterne e Cowper e Lamb e Coleridge. Shelley talvez fosse assexuado. Milton e Ben Jonson tinham talvez um grão a mais de masculinidade. O mesmo vale para Wordsworth e Tolstói. Em nossa época, Proust foi plenamente andrógino, isso para não dizer que talvez pendesse mais para o lado feminino. Mas essa é uma falha tão rara que não vale a pena condená-la, porque, sem um pouco de mistura, o intelecto parece predominar e os outros atributos da mente se enrijecem e secam. No entanto, me consolei pensando que essa talvez fosse uma fase passageira; muito do que tenho dito para cumprir minha promessa de lhes expor o curso dos meus pensamentos vai soar ultrapassado; muito do que brilha aos meus olhos parecerá duvidoso a vocês que ainda são jovens.

Mesmo assim, a primeiríssima frase que escreveria aqui, disse, me encaminhando à escrivaninha para pegar a folha intitulada "As mulheres e a ficção", é que é fatal para qualquer pessoa escrever pensando no próprio sexo. É fatal ser um homem ou mulher pura e simplesmente; é necessário ser uma mulher-homem ou um homem-mulher. É fatal para uma mulher tratar qualquer queixa com a maior das delicadezas; implorar por qualquer causa, ainda que com justiça; falar, de algum jeito, consciente de ser uma mulher. E fatal não é um modo de dizer; porque qualquer coisa escrita que se sabe enviesada está condenada à morte. O texto deixa de ser fertilizado. Por mais brilhante e eficaz, poderoso e magistral que pareça nos primeiros dois dias, logo vem a noite e, com ela, o abatimento; as palavras não vão seguir crescendo nas mentes alheias. É preciso que alguma cumplicidade entre homem e mulher ocorra na mente para que a arte da criação seja realizada. O casamento dos opostos tem que ser consumado. A mente deve estar integralmente disponível e aberta se quisermos sentir que a pessoa que escreve está comunicando uma experiência em plenitude. Tem que haver liberdade e tem que haver paz. A roda não pode estar fora do eixo, não pode haver um mínimo atrito. As cortinas devem então estar bem fechadas. Terminada a experiência, o escritor deve se recostar e permitir que sua mente comemore as núpcias no escuro. Ele não deve olhar para o que está acontecendo, nem questionar. Pelo contrário, deve desfolhar uma rosa ou ver os cisnes descer o rio calmamente. E mais uma vez vi a correnteza que levava o barco com o estudante e as folhas mortas; e o táxi levou o homem e a mulher, pensei, vendo-os juntos do outro lado da rua, e a corrente levou-os embora, pensei, escutando o rugido do trânsito de Londres que vinha de longe e era engolido pela imensa correnteza.

Então Mary Beaton se calou. Ela já explicou como chegou à sua conclusão — a conclusão prosaica — de que é preciso ter quinhentas libras por ano e um quarto com tranca na porta caso queiram escrever ficção ou poesia. Ela tentou tornar claros os pensamentos e impressões que a levaram a essa ideia. Ela pediu que a seguissem quando ela se jogou nos braços de um

Bedel, quando almoçou e jantou por aí, quando fez seus desenhos no Museu Britânico e pegou livros das estantes, e quando olhou pela janela. E durante todo esse tempo, vocês sem dúvida estiveram de olho nas falhas e fraquezas de Mary Beaton, e decidindo o quanto elas pesariam na opinião que formaram dela. Vocês a contestaram, ou ficaram à vontade para lhe fazer acréscimos e deduções. Nada disso está errado, porque trata-se de questões cuja verdade só pode ser apreendida depois de compararmos as mais variadas cepas de erros. E agora vou concluir, eu mesma, antecipando duas críticas tão óbvias que vocês com certeza já as fizeram.

Nada foi dito, vocês vão cobrar, a respeito dos méritos particulares de cada um dos sexos na escrita. Foi de propósito, porque, ainda que tivéssemos tempo o bastante para essa avaliação — e por enquanto é imensamente mais importante saber quanto dinheiro as mulheres tinham e quantos quartos, e não teorizar sobre suas capacidades —, ainda que fosse o caso, não acredito que os dons de inteligência ou de caráter possam ser medidos na balança como o açúcar e a manteiga, nem mesmo em Cambridge, onde todos são peritos em classificar as pessoas e meter-lhes um chapéu na cabeça e titulações acopladas ao nome. Acredito que nem a Ordem de Precedência que vocês encontram no *Almanaque* de Whitaker faz uma organização definitiva dos valores, ou que exista um só bom motivo para pressupormos que toda vez que o Comandante dos Banhos entrar num jantar será alguns passos depois do Mestre dos Disparates. Todo esse duelo de um sexo contra o outro, de uma qualidade contra outra; toda essa reivindicação de superioridade e atribuição de inferioridade pertence à fase escola-particular da existência humana, em que há "lados" opostos e um lado deve vencer o outro e é de suma importância subir num palanque e receber das mãos do Diretor uma taça ricamente enfeitada. À medida que as pessoas amadurecem, deixam de acreditar em lados ou em Diretores ou em taças ricamente enfeitadas. De todo modo, no que diz respeito aos livros, é sabidamente difícil fixar seus méritos em etiquetas que não descolem. Ou não é isso o que se lê, frequentemente, nas resenhas de obras literárias: como é difícil julgar um livro? "Este grande livro", "este livro vazio" servem para se referir a uma mesma obra. Os elogios e as acusações representam o mesmo nada. Não, por mais prazeroso que seja o passatempo de julgar, não deixa de ser a mais fútil das ocupações; e submeter-se aos decretos dos avaliadores é a atitude mais servil. A única coisa que importa é escrever o que se deseja escrever; e ninguém sabe dizer se o resultado terá valor pelos séculos futuros ou só por algumas horas. Mas sacrificar um fio de cabelo que seja da sua visão, um tom de sua coloratura, em deferência a um Diretor com uma taça prateada em mãos ou um professor com uma régua na manga, é a traição mais abjeta; em comparação, o sacrifício da própria riqueza ou da castidade, que já foi considerado o maior dos desastres humanos, não passa de uma picadinha de pulga.

Acredito que, em segundo lugar, vocês podem alegar que, de modo geral, eu dei importância excessiva às coisas materiais. Ainda que se dê margem ampla ao aspecto simbólico, aceitando que quinhentas libras por ano representam, na verdade, o poder contemplativo, e que a fechadura na porta é a capacidade de pensar por conta própria, vocês ainda podem exigir que a mente seja capaz de se elevar acima dessas preocupações; e que os grandes poetas foram, muitas vezes, homens pobres. Permitam-me então citar o professor de literatura de vocês, que sabe muito melhor do que eu o que faz um bom poeta. Sir Arthur Quiller-Couch escreve:

> Quais são os grandes nomes da poesia do último século? Coleridge, Wordsworth, Byron, Shelley, Landor, Keats, Tennyson, Browning, Arnold, Morris, Rossetti, Swinburne — paremos por aqui. De todos esses, apenas Keats, Browning e Rossetti não foram para a universidade; e desses três, só Keats, que morreu cedo, na plenitude da vida, não era rico. Talvez seja indelicado colocar assim, e sem dúvida é triste: mas, na verdade,

para ser bem objetiva, não é verdade a teoria de que o gênio poético floresce em qualquer parte, igualmente em meio a ricos e a pobres. É fato concreto que nove desses doze homens foram à universidade: o que significa que, de algum modo, eles procuraram meios de conseguir a melhor educação que a Inglaterra pode oferecer. É fato concreto que, dentre os três que são exceção, Browning, sabemos, era rico, e duvido que, se não fosse rico, tivesse conseguido escrever *Saul* ou *O anel e o livro*, ou que Ruskin tivesse conseguido escrever *Pintores modernos* se seu pai não fosse um empresário bem-sucedido. Rossetti tinha uma renda razoável; e, além disso, era pintor. Sobra Keats; e Atropos o ceifou na juventude, como ceifaria John Clare no hospício e James Thompson com o láudano que ele consumiu para apagar sua decepção. São fatos deploráveis, mas que devemos encarar. É certo — por mais vergonhoso para nós como nação — que, por alguma falha em nossa comunidade, tanto hoje como nos últimos duzentos anos o poeta pobre tem tido um destino de cão. Acreditem — passei quase dez anos visitando cerca de trezentas e vinte escolas primárias —, podemos nos gabar da democracia, mas, na realidade, uma criança pobre na Inglaterra, sonhando com a emancipação que vem com a liberdade intelectual — essa que é capaz de produzir grandes escritores — tem a mesma sorte que tinha o filho de um escravo ateniense à espera de ser liberto, isso ou pouco mais.[2]

É impossível ser mais claro. "O poeta pobre tanto hoje como nos últimos duzentos anos tem um destino de cão... uma criança pobre na Inglaterra, sonhando com a emancipação que vem com a liberdade intelectual — essa que é capaz de produzir grandes escritores — tem a mesma sorte que tinha o filho de um escravo ateniense à espera de ser liberto, isso ou pouco mais." E ponto final. A liberdade intelectual depende de coisas materiais. A poesia depende dessa liberdade. E as mulheres sempre foram pobres;

2   *The art of writing*, por Sir Arthur Quiller-Couch. [N. A.]

são pobres há muito mais de duzentos anos; são pobres desde os primórdios. As mulheres tiveram menos liberdade intelectual que os filhos dos escravos atenienses. As mulheres, portanto, não tinham chance nenhuma de escrever poesia. É por isso que dei tanta ênfase ao dinheiro e ao quarto próprio. No entanto, graças aos esforços dessas mulheres obscuras da Antiguidade, sobre quem eu lamento saber tão pouco, e, é curioso, graças a duas guerras, a Guerra da Crimeia, que abriu as portas da sala para que Florence Nightingale saísse, e a Guerra Europeia, que sessenta anos depois abriu as portas à mulher comum, esses males vêm sendo em alguma medida mitigados. Caso contrário, vocês não estariam aqui esta noite, e a probabilidade de que ganhem quinhentas libras por ano, por mais incerta que ainda seja, seria extraordinariamente minúscula.

Ainda assim, talvez vocês me perguntem por que dar toda essa importância à questão das mulheres escreverem ou não livros, já que, segundo o que eu mesma disse, é algo que exige tanto esforço; algo que pode levar ao assassinato de tias; que com certeza provoca atrasos na hora do almoço; e pode até levar a graves discussões com universitários que sem dúvida têm bom coração? Meus motivos, eu confesso, são egoístas. Como a maior parte das inglesas sem educação formal, gosto de ler — gosto de ler livros aos montes. Ultimamente, meu regime anda um pouco monótono; os livros de história só falam de guerra; as biografias só falam dos grandes homens; a poesia vem demostrando, acredito, certa tendência à aridez; e a ficção — mas já expus o suficiente minha inaptidão como crítica da ficção moderna, e não direi mais nada. Portanto eu peço a vocês que escrevam todo tipo de livro, sem hesitar diante de nenhum assunto, por mais banal ou imenso. Espero que vocês deem um jeito, qualquer que seja, de conseguir dinheiro o bastante para viajar e ficar à toa, para meditar sobre o futuro ou o passado do mundo, sonhar enquanto leem e perambular pelas esquinas, deixando que a linha de uma ideia mergulhe fundo na correnteza. Porque de modo algum quero confiná-las à ficção. Se quiserem me agradar — e iguais a mim há muitas outras —, escrevam livros de viagem e de aventura, livros rebuscados e eruditos, histórias e biografias, livros de crítica, filosofia e ciência. Com isso, a arte da ficção vai com certeza sair ganhando. Os livros têm disso, eles se influenciam mutuamente. A ficção vai ganhar muito se puder se ombrear com a poesia e a filosofia. Além disso, se vocês pensarem em qualquer figura importante do passado, como Safo ou Lady Murasaki ou Emily Brontë, vocês verão que elas são tanto herdeiras como precursoras, e que só puderam existir porque as mulheres foram assimilando o hábito de escrever com naturalidade; de modo que até como prelúdio à poesia, essa atividade de vocês seria inestimável.

Mas quando volto a estas anotações e critico minha própria linha de raciocínio, do jeito como a desenvolvia, percebo que meus motivos não eram de todo egoístas. Em meio a estes comentários e digressões, corre uma convicção — ou seria um instinto? — de que os bons livros são desejáveis e os bons autores, por mais que nos mostrem toda sorte de falha humana, são no entanto boas pessoas. Por isso, quando eu peço a vocês que escrevam mais livros, na verdade estou insistindo que façam algo bom para vocês e bom para o mundo. Não sei como justificar esse instinto ou crença, porque é difícil para alguém que não fez Faculdade usar palavras filosóficas sem parecer uma farsante. O que significa "realidade"? Parece algo muito errático, muito pouco previsível — que ora se encontra numa estrada empoeirada, ora num pedaço de jornal na rua, ora num narciso no Sol. Ilumina um grupo numa sala e registra um ditado casual. Arrebata alguém que caminha de volta para casa sob um céu de estrelas e faz o mundo do silêncio ser mais real que o mundo da fala — e de repente está ali, mais uma vez, num ônibus, em plena confusão em Piccadilly. Ou, senão, às vezes, parece morar em formas distantes demais para que sua natureza seja nítida. Mas tudo o que a realidade toca se torna fixo e permanente. É isso o que resta quando a pele do dia foi jogada pela cerca; é o que resta do tempo que passou, de nossos amores e ódios. Mas, no meu modo de ver, a pessoa que escreve tem a oportunidade de viver mais tempo na presença dessa realidade do que as outras pessoas. É sua tarefa encontrá-la e colecioná-la e comunicá-la a todos nós. Ou, pelo menos, é isso o que eu inferi depois de ler *Lear* ou *Emma* ou *La Recherche du temps perdu*. Pois a leitura desses livros parece bordar em ponto apanhado e de modo curioso os nossos sentidos; depois disso, enxergamos com mais intensidade; o mundo parece despido de seu véu e dotado de vida mais intensa. Ali estão as pessoas invejáveis, que vivem em relação de inimizade com o irreal; e lá, as lamentáveis, que são golpeadas na cabeça pelas ações feitas sem conhecimento ou cuidado. Então quando peço para que ganhem dinheiro e arranjem um quarto só para vocês, estou pedindo que vivam na presença da realidade, uma vida que, ao que tudo indica, é revigorante, seja possível transmiti-la ou não.

Aqui eu deveria parar, mas a pressão das convenções determina que toda fala termine com uma peroração. E, vocês hão de concordar, uma peroração dirigida a mulheres deve possuir algo em especial que as exalte e engrandeça. Eu deveria implorar a vocês que não se esqueçam de suas responsabilidades, de se elevarem, de serem mais espirituais; o correto seria lembrar-lhes do quanto as coisas dependem de vocês, e da influência que vocês podem ter sobre o futuro. Mas essas exortações, acho, podem perfeitamente ficar para o outro sexo, que saberá dizê-las, como aliás já disseram, com muito mais eloquência do que jamais serei capaz. Quando vasculho minha mente, não encontro nenhum sentimento nobre que diga que somos companheiras e iguais, ou sobre como exercer uma influência positiva para tornar o mundo um lugar mais elevado. Eu me vejo dizendo sem enrolação que o mais importante é ser quem você é. Não sonhem em influenciar os outros, é o que eu diria, se soubesse dizê-lo de uma maneira que soasse grandiloquente. Pensem nas coisas tal como são.

E mais uma vez mergulho em jornais e romances e biografias e me lembro de que quando uma mulher fala com outras mulheres, é preciso que ela tenha algo de desagradável para dizer. As mulheres são duras umas com as outras. As mulheres — mas vocês já não se cansaram dessa palavra? Eu com certeza já. Podemos concordar, então, que um discurso lido por uma mulher para outras mulheres deve terminar num tom especialmente desagradável.

Mas como é isso? Que ideias me vêm? A verdade é que muitas vezes gosto de mulheres. Gosto de como são pouco convencionais. Gosto de como são sutis. Gosto de como são anônimas. Eu gosto — mas é melhor não me deixar levar nessa toada. Aquele armário ali — vocês dizem que só tem toalhas de mesa nele; mas e se Sir Archibald Bodkin estiver escondido no meio delas? Permitam que eu adote um tom mais severo. No que foi dito até agora, transmiti com clareza os alertas e as censuras em relação aos homens? Contei-lhes da opinião pouco favorável que o Sr. Oscar Browning tem de vocês. Indiquei o que Napoleão já pensou a seu respeito e o que Mussolini pensa ainda hoje. Em seguida, caso aspirem à ficção, copiei, para o bem de vocês, os conselhos do crítico quanto a reconhecerem bravamente as limitações do seu próprio sexo. Fiz menção ao Professor X e dei destaque a sua fala quanto às mulheres serem intelectual, moral e fisicamente inferiores aos homens. Passei adiante tudo o que cruzou o meu caminho sem que eu precisasse buscar, e aqui vai um aviso final — um do Sr. John Langdon Davies.[3] O Sr. John Langdon Davies informa às mulheres "que no momento em que as crianças deixarem de ser totalmente desejáveis, as mulheres deixarão de ser totalmente necessárias". Espero que estejam tomando nota.

Como incentivá-las a seguir encarando a vida? Meninas e moças, por favor prestem atenção, eu diria, porque aqui começa a peroração, vocês são a meu ver vergonhosamente ignorantes. Vocês nunca fizeram uma só descoberta importante. Nunca abalaram um império ou guiaram um exército numa batalha.

---

3 *A Short History of Women*, por John Langdon Davies. [N. A.]

As peças de Shakespeare não foram escritas por vocês, e vocês nunca apresentaram uma raça bárbara às bençãos da civilização. Que desculpa vocês têm? E podem muito bem dizer, enquanto apontam para as ruas e praças e florestas do globo onde pululam habitantes pretos e brancos e cor de café, todos muito ocupados e envolvidos com o tráfico ou com os negócios ou fazendo amor, tínhamos as mãos ocupadas com outras tarefas. Sem nós, esses mares não seriam navegados e aquelas terras férteis seriam desertos. Nós geramos e criamos e lavamos e ensinamos, talvez até a idade de seis ou sete anos, esses um bilhão seiscentos e vinte e três milhões de seres humanos que, segundo consta, existem no momento presente, e tudo isso, por mais que algumas de nós tenhamos recebido ajuda, leva tempo.

Há verdade no que vocês dizem — não vou negar. Mas ao mesmo tempo, posso lembrar-lhes de que já existem pelo menos duas Faculdades para mulheres na Inglaterra desde 1866; que desde 1880, uma mulher casada tem direito à posse de terras; e que em 1919 — e isso já faz nove anos — foi concedido a ela o direito ao voto? Devo lembrar-lhes ainda que a maioria das profissões foram abertas a vocês há quase dez anos? Quando vocês pararem para pensar nesses imensos privilégios e no tempo em que vêm sendo usufruídos, e no fato de que neste exato momento cerca de duas mil mulheres conseguem se virar e ganhar mais de quinhentas libras por ano, vocês hão de concordar que não dá mais para se fiar na falta de oportunidade, de treinamento, incentivo, lazer e dinheiro. Além disso, os economistas vêm dizendo que a Sra. Seton teve filhos demais. É necessário, obviamente, que vocês continuem tendo filhos, mas, como dizem, de preferência dois ou três, e não mais em dezenas ou dúzias.

Assim, com algum tempo de sobra e algumas leituras na cabeça — imagino que já estejam cansadas do outro tipo de educação, e vieram à Faculdade para se deseducarem —, vocês certamente vão embarcar num novo estágio de suas carreiras longas, cansativas e altamente obscuras. Mil canetas estão prontas para sugerir o que vocês devem fazer e qual será o resultado. Minha sugestão pessoal é um pouco fantástica, admito; prefiro, por isso, fazê-la na forma de ficção.

Contei a vocês, no decorrer deste texto, que Shakespeare tinha uma irmã; mas vocês não a encontrarão na biografia do poeta e dramaturgo escrita por Sir Sidney Lee. Ela morreu cedo — infelizmente, nunca chegou a escrever. Está enterrada num ponto de ônibus em frente ao Elephant and Castle. Bom, eu acredito que essa poeta, que jamais escreveu uma palavra e acabou enterrada num cruzamento, ainda vive. Ela vive em mim e vive em você, e em muitas outras mulheres que não estão aqui esta noite, porque estão lavando a louça e botando as crianças para dormir. Mas ela vive; porque os grandes poetas não morrem; são presenças contínuas; só falta a eles a oportunidade de caminhar em meio aos vivos. E agora cabe a vocês, acredito, fazer surgir essa oportunidade. Porque tenho fé de que se vivermos mais um século — estou falando da vida coletiva, que é a vida real, e não das vidinhas individuais que vivemos cada uma por si — e se tivermos quinhentas libras por ano e quartos só nossos; se fizermos da liberdade um hábito e tivermos a coragem de escrever exatamente o que pensamos; se escaparmos um pouco que seja da sala de estar e pudermos ver os seres humanos não em suas relações uns com os outros, mas na relação que têm com a realidade; se pudermos ver também o céu, e as árvores, ou o que quer que seja, tal como são; se olharmos para além do espantalho de Milton, porque nenhum ser humano deveria esconder a paisagem; se encararmos o fato, porque é fato, de que não há braço que nos segure, e que seguimos sozinhas, e que estamos em contato com o mundo da realidade e não com o mundo dos homens e mulheres, então a oportunidade virá e a poeta morta que era irmã de Shakespeare ganhará o corpo a que ela tantas vezes renunciou. Bebendo da vida de seus predecessores desconhecidos, como antes dela fez seu irmão, ela nascerá. E quanto à sua vinda sem esse preparo, sem o nosso esforço, sem a determinação de que, ao nascer, ela possa encontrar os meios para viver e escrever seus poemas, não podemos criar expectativas, porque seria impossível. Mas eu garanto que ela viria se trabalhássemos por ela; de modo que esse trabalho, ainda que seja na pobreza e na obscuridade, vale a pena.

FIM

Margo Glantz
A querela das mulheres

Tradução
Gênese Andrade

[...] *se as mulheres só existissem na ficção escrita por homens, seria o caso de se pensar que elas são de suma importância; são muito múltiplas; heroicas e más; esplêndidas e estúpidas; infinitamente belas e extremamente horrendas; tão grandes quanto qualquer homem ou mais. Mas esta é a mulher na ficção. Na realidade, como indica o professor Trevelyan, ela era trancafiada, açoitada e jogada contra as paredes.* [p. 51]

I

Pense nos fatos, dissemos. [p. 28]

O livro de Virginia Woolf, *Um quarto só para mim*, se inscreve em uma secular tradição conhecida como *a querela das mulheres*.

Desde sua publicação, em 1929, esse ensaio-ficção tem sido uma das referências mais constantes do feminismo, como seria o livro de Simone de Beauvoir, *O segundo sexo*, lançado exatamente vinte anos depois, em 1949. Entretanto, em incontáveis ocasiões, Woolf avisa que seu texto deveria ter se chamado *As mulheres e o romance*, e nele seriam analisadas as causas da escassez de produção escrita feminina ao longo dos séculos, sobretudo na Inglaterra. A frase "um quarto só para mim" foi usada quase como um *slogan*, como se bastasse a mulher repeti-la para alcançar uma mínima independência financeira e um lugar adequado para que pudesse se tornar não apenas uma boa romancista — se, obviamente, tivesse o talento necessário —, mas uma mulher com todas as prerrogativas que os homens tiveram historicamente, isto é, conseguir a igualdade plena.

Na realidade, e embora seu livro tenha tido desde o início esse propósito, faz ainda uma reflexão tanto histórica como literária e política sobre os problemas que impediram as mulheres de escrever como os homens sempre escreveram. Em sua tentativa de delinear uma genealogia da escrita feminina, sobretudo da tradição inglesa, adverte, antes de começá-la, a ausência total de escritoras no século XVI, o século de Shakespeare. Recorre à ficção: inventa uma irmã para o dramaturgo, chamada Judith, dotada das mesmas qualidades que ele, mas que, entretanto, jamais teria podido produzir obras geniais devido às condições de vida das mulheres à época, fato obviamente comprovado também nos séculos subsequentes.

> Ela era dotada do mesmo pendor para a aventura, era imaginativa e ansiava tanto quanto o irmão por conhecer o mundo. Mas não frequentou escola. Não teve onde aprender gramática e lógica, muito menos onde ler Horácio e Virgílio. Às vezes acontecia de apanhar um livro, talvez do irmão, e folheá-lo. Mas logo vinham seus pais, dizendo para ela remendar uma meia, ou cuidar do cozido, e parar de sonhar acordada com livros e papéis. [p. 55]

E embora a escassez de produção literária feminina daquele tempo e os obstáculos que a impediam tenham em parte desaparecido e a quantidade de escritoras extraordinárias prolifere nos últimos tempos e com grande sucesso em todo o mundo, muitos dos problemas que Woolf apresenta em seu ensaio continuam sem solução, não só na escrita, mas também em todos os âmbitos da realidade.

II

*Entre os dois — o voto e o dinheiro — confesso que o
dinheiro me pareceu mil vezes mais importante.* [p. 43]

Graças a Deus [diz Virginia Woolf em seu *Diário*], *minha
cansativa tarefa de ministrar uma conferência para
mulheres terminou agora, hoje, sábado, 27 de outubro de
1928; regressei de minha fala no Girton College, em meio a
uma tempestade. Minha impressão é que se trata de mulheres
jovens famintas, mas muito vitais. Inteligentes, entusiastas,
pobres, seu destino é se tornarem massivamente professoras
de ensino fundamental. Eu disse a elas amavelmente que
deveriam tomar vinho e conseguir um quarto só para
elas... Às vezes imagino que o mundo muda. Penso que a
razão prevalecerá. Porém, eu teria preferido lidar com
um conhecimento mais próximo e forte da vida. Gostaria
de deparar às vezes com coisas mais reais. Senti uma
comichão e uma grande vitalidade depois de ministrar essas
conferências: as próprias arestas e obscuridades amenizam
e se esclarecem. Como a gente conta pouco... Penso: como
a gente conta pouco; que rapidez e fúria e genialidade
é viver, e como milhares de pessoas lutam pela preciosa
vida. Senti-me adulta e madura. E ninguém me elogiava:*

*eram muito entusiastas, egoístas, ou mais exatamente lhes
impressionava pouco minha idade e reputação. Nada de
reverências ou algo semelhante. Os corredores do Girton são
como abóbadas de alguma catedral muito alta e horrenda,
e continuam assim, frios e brilhantes, com um leve esplendor.
Elevados quartos góticos, metros e metros de madeira escura
pouco iluminados, e de repente, aqui e ali, uma fotografia.*

Na verdade, se observamos uma foto dessa Faculdade de mulheres, perceberemos que a instituição não é tão sombria nem
tão aterrorizante como a escritora sugere em seu *Diário* e difere de como a descreve no ensaio, em que os tijolos da fachada
são de um vermelho brilhante. Contudo, ao comparar o Girton
(Fernham, no texto) com o restante do histórico e suntuoso
conjunto — o rio, os belos e bem cuidados verdes prados, a represa, as Faculdades, a igreja e as capelas centenárias, a biblioteca, os quartos dos professores e dos estudantes, os luxuosos
restaurantes da Universidade de Cambridge —, comprova-se
a veracidade de suas palavras: um edifício austero, fachada de
tijolo, muros grossos, vitorianos, corredores de reminiscências
góticas; a biblioteca parecia construída para um convento de
freiras, e embora os jardins sejam — e eram — dos mais belos
que se encontram nessa região inglesa, Woolf quis marcar até
na aparência dos edifícios a discriminação exercida contra as
mulheres. Talvez torne o panorama sombrio deliberadamente,
mas diante do restante dos edifícios, o Girton parecia o pati-
nho feio da Universidade.

Em 20 e 26 de outubro de 1927, Woolf foi convidada a
ministrar duas conferências por Pernel Strachey, o reitor do
Newnham, irmão de seu amigo íntimo Lytton Strachey, que,
com ela, integrava o grupo de Bloomsbury, ao qual também
pertenciam seu marido, Leonardo Woolf, o romancista Mor-
gan Forster, o poeta T. S. Eliot, Clive Bell, o crítico de arte e
marido de sua irmã Vanessa, pintora como Duncan Grant e

Roger Fry, além do filósofo Bertrand Russell e do economista John Maynard Keynes, entre outras personalidades destacadas da vida inglesa desse período.

Woolf hospedou-se no Newnham College e viajou acompanhada de sua amiga Vita Sackville-West, com quem mantinha uma relação amorosa: Vita, a verdadeira protagonista de seu romance *Orlando, uma biografia*, publicado em 1928 e de extrema importância na gestação da obra de que nos ocupamos.

Para entender a repercussão que este livro teve quando foi publicado, é necessário lembrar que em 1928 as sufragistas inglesas haviam conseguido, finalmente, depois de uma longa luta ferozmente reprimida, que o voto fosse autorizado a todas as mulheres e não somente às maiores de 30 anos, segundo a ata que o Parlamento havia aprovado em 1918, ano do término da Primeira Guerra Mundial — um dado crucial:

> Devemos culpar a guerra? No momento em que apertaram os gatilhos em agosto de 1914, desnudaram os rostos de homens e mulheres a ponto de matar o romantismo? Sem dúvida, foi um choque (sobretudo para as mulheres, iludidas com a lenga-lenga da educação e tudo o mais) ver o rosto de nossos governantes iluminados pelo fogo de artilharia. Como eram feios — alemães, ingleses, franceses —, como eram idiotas. [p. 21]

Recordemos também, para entender melhor o momento em que o livro foi gestado, que o Girton College (1869) onde Woolf fez suas conferências, e o Newnham College (1871), onde se hospedou, tinham sido fundados graças à iniciativa de um filósofo liberal, Henry Sedwick, e de uma famosa sufragista, Millicent Garrett Fawcett, entre outras personalidades. A fundação dessas duas Faculdades femininas foi de grande importância e constitui uma verdadeira revolução na história de Cambridge e na luta pela educação das inglesas. Apesar de seu propósito louvável, esses edifícios perpetuavam a condição subalterna das mulheres como cidadãs de segunda classe, dado que Woolf ressalta em suas conferências.

Para ela, não era suficiente haver obtido o voto, era necessário igualmente um quarto só para si e, sobretudo, a independência financeira:

> Preciso contar que essa minha tia, Mary Beton, morreu ao cair do cavalo num passeio em Mumbai. Soube de minha herança numa noite, mais ou menos na mesma hora em que se promulgou a lei do sufrágio feminino. A carta do advogado caiu na caixa postal e quando a abri, soube que ela me havia legado quinhentas libras por ano para todo o sempre. Entre os dois — o voto e o dinheiro — confesso que o dinheiro me pareceu mil vezes mais importante. [p. 43]

III

*[...] mulheres só são admitidas [...] quando acompanhadas
de um catedrático da Faculdade [...]. [p. 14]*

Ao começar seu ensaio, a romancista diz, assumindo explicitamente seu ofício: "'eu' não passa de uma palavra conveniente para alguém que não existe", ou seja, literalmente, não sou Virginia Woolf, sou quem protagoniza uma obra de ficção:

Eis-me então aqui (podem me chamar de Mary Beton, Mary Seton, Mary Carmichael ou de qualquer outro nome — tanto faz), à beira de um rio, semana passada ou retrasada, num belo dia de outubro, absorta em meus pensamentos. Aquele peso que mencionei, as mulheres e a ficção, e a necessidade de chegar a uma resposta possível para um assunto que acende todo tipo de paixão e preconceito, me fez baixar a cabeça. [p. 11]

As três Marys, personagens da tradição, damas de honra de Maria Stuart, rainha dos escoceses, muito populares, embora não nomeadas na balada de Mary Hamilton, uma quarta dama de honra, que, segundo a lenda, foi executada por ter tido um filho com o rei e por ter assassinado a criança; uma balada transmitida ao longo dos séculos, e ainda interpretada atualmente. Mary Carmichael, dizem, igualmente, sugere, sob esse pseudônimo, uma romancista contemporânea de Woolf que havia escrito um livro em que abertamente postulava sua preferência sexual por outras mulheres, inclinação que nossa autora também tinha nesse momento. Outro dado: uma das convidadas à festa da senhora Dalloway, no romance homônimo, se chama Sally Seton. É interessante ressaltar esse uso reiterado de um personagem feminino chamado Mary ou Sally, com sobrenome Beton ou Seton em *Um quarto só para mim* e em outras obras (e muito provavelmente, não pude comprovar, em seus diários).

Um eu evanescente, uma primeira pessoa ambígua, lúdica, a partir da qual são expostas e ficcionalizadas ideias e argumentos, para depois situar sua narrativa em uma cidade inventada, Oxbridge, por meio da justaposição dos nomes das duas mais prestigiosas e aristocráticas universidades inglesas, Oxford e Cambridge: OxFord, que se poderia traduzir como vau de bois, e CamBridge, como ponte sobre o rio Cam: a origem animal da cultura ou pelo menos da cidade de onde parte; paradoxo: pode-se atravessar o rio, mas terá que molhar os pés.

> Podemos supor que, um dia, esse jardim com seu gramado liso, seus edifícios imensos e também a capela não passavam de um brejo, com capim alto, onde os porcos fuçavam. Batalhões de cavalos e bois devem ter puxado carroças carregando pedras desde cidades distantes, pensei [...]. [p. 15]

Mary Seton (Mary Beton, Mary Carmichael?) percorre timidamente o campus universitário; um homem, horrorizado com sua ousadia, lhe proíbe de pisar no gramado, "ele era um Bedel; eu era uma mulher"; ao chegar à biblioteca, um cavaleiro togado e de cabeça grisalha a detém: "mulheres só são admitidas [...] quando acompanhadas de um catedrático da Faculdade"; por outro lado, é convidada com beneplácito para um almoço suntuoso no restaurante principal: excelentes manjares, deliciosas sobremesas, excelente vinho, amena e sofisticada companhia:

> [...] esse almoço específico começou com linguados [...]. Em seguida, vieram as perdizes, mas se com isso, o que lhes vem à mente é um par de aves marrons e depenadas numa travessa, estão enganadas. Essas perdizes, abundantes e variadas, vinham com saladas e molhos [...]. E tão logo o assado e seus acompanhamentos acabaram, o homem que nos servia em silêncio, talvez o Bedel numa manifestação mais amena, pôs diante de nós, entre guardanapos, uma sobremesa que se erguia em ondas de puro açúcar. Chamá-la de pudim e, com isso, aparentá-la ao arroz e à tapioca seria uma ofensa. Enquanto isso, as taças de vinho se tingiram de amarelo e vermelho; se esvaziaram; voltaram a se encher. [pp. 16-17]

À tarde, nesse mesmo dia de outubro, a perspectiva muda. Mary Seton se dirige a Fernham, faz sua palestra, oferecem-lhe depois um jantar no restaurante feminino:

> Minha sopa chegou. Estavam servindo o jantar no refeitório principal. Não era nem de longe primavera aquela noite de outubro. Todas se reuniam ali. O jantar estava pronto. Ali estava a sopa. Era um caldo simples de carne. [...] Em seguida veio a carne com seu séquito de verduras e batatas — a doméstica trindade, que remete a lombo de boi em mercados lamacentos, [...] e a mulheres com sacolas de pano numa manhã de segunda-feira. [...] Em seguida, vieram ameixas secas e creme. [...] Depois, vieram os biscoitos e o queijo, e então a jarra de água passou de mão em mão fartamente [...]. [p. 23]

Sofisticação culinária, finas bebidas para os estudantes e professores do sexo masculino, um simples caldo, carnes insípidas, sobremesa caseira, biscoito e água para as estudantes e as professoras do Fernham: "Ninguém acende a lâmpada da espinha dorsal com carne e ameixas secas" [p. 24], conclui Woolf. A narradora percebe com clareza que essas considerações são pertinentes no âmbito de uma universidade prestigiosa como Cambridge; caso se tratasse das desvalorizadas e quase humildes Faculdades femininas, Girton e Newnham: "Não havia motivo para reclamar desse alimento comum da espécie humana, já que a quantidade era suficiente e, sem dúvida, os mineradores nas minas de carvão se satisfaziam com menos" [p. 23]. Certo, porém se for levada em conta, nesse contexto, a enorme diferença do trato dispensado nas Faculdades masculinas, em oposição ao prêmio de consolação dado na Faculdades femininas, a disparidade é notável:

> "Nos disseram que deveríamos pedir no mínimo trinta mil libras... Não é muito, considerando que essa é a única Faculdade desse tipo da Grã-Bretanha, Irlanda e nas Colônias, e o quão fácil é levantar fundos imensos para as Faculdades masculinas. Mas levando em consideração a parca vontade que as pessoas têm de que as mulheres recebam de fato uma educação, é muito [recorda a autora em uma nota de rodapé, citando o livro de Lady Stephen, *Emily Davies and Girton College*]". [p. 26]

IV

A verdade tinha escapado por entre meus dedos [...]. [p. 36]

Falar a partir de uma primeira pessoa polivalente e construir um imaginário que evoca a tradição permite a Woolf proclamar de maneira muito nova (ainda hoje) a urgente necessidade de que as mulheres recebessem uma formação universitária e, ao mesmo tempo, formular uma queixa, como verbalizaram, por exemplo, no século XVI a espanhola María de Zayas ou no XVII a nova-hispânica Sor Juana Inés de la Cruz, ao denunciar a perversa proibição que impedia as mulheres de estudar.

Na dedicatória que Sor Juana Inés de la Cruz escreveu encomendando seus escritos a dom Juan de Orbe y Arbieto, editor do segundo volume de suas *Obras*, publicadas na Espanha, podem ser lidas estas significativas palavras: "[...] E mais quando levam a desculpa de ser obra não só de uma mulher, *em quem é dispensável qualquer defeito*, mas de quem nunca soube como soa a viva voz dos mestres, nem deveu aos ouvidos, e sim aos olhos, as espécies da Doutrina no mudo magistério dos livros" [grifo meu].

Assim Sor Juana verbaliza seu agravo e remete à tradicional querela entre os sexos, ao mesmo tempo que formula um paradoxo, ao assumir com ironia o preconceito profundamente cristalizado da inferioridade feminina; essa fraqueza que tradicionalmente rebaixa as mulheres e ressalta, ainda, a impossibilidade que tinham no século XVII de ter acesso aos estudos universitários regulares, embora, em seu caso particular, a freira exalte obliquamente seu engenho e sua capacidade para realizar por si só um altíssimo trabalho intelectual, de que sua própria obra é prova irrecusável.

Woolf, nascida em 1882, poderia ter frequentado o Girton ou o Newnham College, porém seu pai, Sir Leslie Stephen, eminente figura política e intelectual de seu tempo, considerou normal, de acordo com um costume secular firmemente arraigado nas classes altas da Inglaterra, enviar Thoby e Adrian, seus filhos do sexo masculino, para Cambridge, porém condenou suas filhas Vanessa e Virginia a serem educadas parcialmente, como ocorreu com Sor Juana, "no mudo magistério dos livros". Dar educação superior a suas filhas não bastava, seu destino natural era casar-se, dedicar-se ao lar e ter filhos.

Reitero: falar a partir de uma primeira pessoa polivalente e construir um imaginário que evoca a tradição permitia a Woolf proclamar de uma maneira muito nova, então e hoje, a urgente necessidade de que as mulheres recebessem uma formação universitária.

María de Zayas, a narradora contemporânea de Cervantes, autora de algumas novelas exemplares, mais conhecidas como *Maravillas* [*Maravilhas*], o primeiro volume, e *Desengaños amorosos* [*Desenganos amorosos*], o segundo, já havia manifestado isso:

> Quem duvida, meu leitor, que lhe causará admiração que uma mulher tenha talento não só para escrever um livro, mas para publicá-lo... Quem duvida, digo outra vez, que haverá muitos que atribuam à loucura esta virtuosa ousadia de trazer à luz meus borrões sendo mulher, que na opinião de alguns néscios é o mesmo que uma coisa sem competência.

Virginia Woolf alude constantemente à sua educação não formal, a uma educação domiciliar — carência de que padecia a maioria das mulheres de seu tempo —, fato que até pouco tempo parecia definitivo, ainda que incorreto: no arquivo do King's College de Londres, foi descoberto recentemente que Virginia e sua irmã Vanessa frequentaram o Departamento de Mulheres e tiveram aulas de grego e de alemão durante alguns anos.

Não se pode dizer então que sofresse totalmente de carência de educação; seu entorno familiar, muito rico intelectualmente, foi uma espécie de universidade em domicílio: sua mãe, famosa por sua beleza, serviu de modelo a Burns Jones, um dos principais pintores pré-rafaelitas, aos quais Woolf se refere indiretamente no primeiro capítulo de seu livro, citando os versos da poeta Christina Rossetti, a amada do pintor Dante Gabriel Rossetti; igualmente, seu pai, antes de casar-se com Julia Prinsep Stephen, havia enviuvado da filha do célebre romancista William Thackeray: sir Leslie Stephen, portanto, era uma figura destacada, invariavelmente rodeado dos mais importantes intelectuais, escritores e toda espécie de notáveis de seu tempo — entre os quais os romancistas Henry James e Thomas Hardy —, que se reuniam em sua residência de Londres, ou, durante os verões, na de St. Ives, época idílica narrada com nostalgia e maestria em *Ao farol*.

Para ampliar mais esse tema, eu gostaria de mencionar o terceiro romance de Virginia Woolf, *O quarto de Jacob*, publicado em 1922. Trata-se de uma biografia muito ficcionalizada e indireta de seu irmão mais velho, Thoby, morto em 1906, depois de uma viagem à Grécia, onde contraiu febre tifoide. Estudante em Cambridge, foi quem introduziu as Stephens no grupo de Bloomsbury; Thoby, companheiro de estudos no Trinity College de Keynes, Bell, Grant, Forster, Lytton Strachey, Russell, Leonard Woolf, figuras decisivas na vida afetiva, intelectual e literária de Virginia e causa indireta de sua segunda educação informal, não rigorosa, nem documentada, vigiada ou autoritária, como a que teria tido na universidade, mas sim mais livre, pessoal e criativa. Definitivamente também não a que teria podido obter no Girton ou no Newnham, Faculdades onde as alunas eram educadas para ser professoras de escolas de ensino médio.

Na quarta-feira, 28 de novembro de 1928, data em que terminou de redigir este ensaio, Virginia escreveu umas extraordinárias e surpreendentes palavras. "Aniversário de meu pai. Meu pai deveria completar hoje 96 anos; 96, hoje, sim, poderia ter chegado a essa idade como outras pessoas que conhecemos. Felizmente, não foi assim. Sua vida teria acabado inteiramente com a minha. O que teria ocorrido?"[1] *Nem escrita, nem livros: inconcebível.*

Flush é a biografia de um cachorro, um *cocker spaniel* que pertenceu a Elizabeth Barrett, personagem onipresente nas cartas que ela escreveu a seu futuro marido, o poeta Robert Browning, com quem, depois de um casamento secreto, ela fugiria para a Itália a fim de escapar de um pai tirânico e superprotetor. Livro lúdico, aparentemente um passatempo escrito por Woolf para descansar de outros textos mais importantes, mais profundos, mais sérios, opinava a crítica. O erro consiste em afirmar que se trata de um improviso, pois além de ser uma obra de arte pela engenhosa perspectiva que anima o relato e a sempre inovadora linguagem, desenvolvida a partir do ponto de vista de Flush, põe em cena a estranha e divertida relação entre um casal humano e um animal — o clássico triângulo amoroso alterado. Igualmente, uma forma indireta, uma escrita em abismo do que poderia ter sido sua vida se seu pai ainda vivesse em 1928; um pai que teria impedido Virginia Woolf de ser Virginia Woolf, que decidiu que suas amadas filhas não mereciam receber educação formal.

1   Virginia Woolf, *A writers' Diary. Being extracts from the Diary of Virginia Woolf* (Org. de Leonard Woolf. Nova York: Harcourt Brace Jovanovich, 1958), p. 135.

Recorro a uma frase de *Flush* para ressaltar isso: "Em Florença se desconhecia o medo; não existiam ladrões de cachorros, e — certamente pensaria *mistress* Browning, suspirando — não havia pais".

Freud? Virginia Woolf conheceu-o pessoalmente em 1938. Adrian, irmão mais novo da escritora, era psicanalista, e James, o irmão de seu íntimo amigo Lytton Strachey, foi discípulo de Freud em Viena e seu tradutor e editor na Inglaterra.

V

[...] *o animal mais discutido no universo* [...]. [p. 32]

Ao regressar a Londres, e em busca da verdade, esse "óleo essencial", dirige-se ao Museu Britânico, templo do saber masculino, onde, diferentemente de Cambridge, o acesso é permitido também às mulheres; consulta o catálogo, percebe com espanto a existência de muitos livros que denotam a obsessiva curiosidade masculina sobre o sexo feminino e, em contraste, a grande escassez de livros escritos por mulheres sobre mulheres: "Vocês fazem ideia de quantos livros sobre mulheres são escritos por ano? E quantos desses são escritos por homens? Vocês têm noção de que talvez [destaca Mary Beton, como se continuasse sua palestra em Fernham] sejam o animal mais discutido no universo?" [p. 32].

Esse milenar e concorrido símile, a mulher vista como animal: "uma mulher atriz parecia um cão bailarino" (citação, explica, atribuída ao Dr. Johnson) [p. 62]. Aludindo ao tradicional estereótipo sobre a essência do feminino, sobre a dependência e a escravidão de sua biologia que a "iguala" aos mamíferos, animais que parem e amamentam, Woolf se vale de metáforas zoológicas para exibir a milenar tarefa que o sexo forte desem-

145

penhou em seu esforço por demonstrar a superioridade natural do homem sobre a mulher: "É por isso que tanto Napoleão como Mussolini insistiram tanto na tese de que a mulher é inferior, porque se ela não fosse, eles deixariam de crescer" [p. 42].

Sim, são notáveis as constantes alusões aos animais e sua metaforização: o peixe escorregadio deslizando entre as mãos da ensaísta, símbolo do pensamento que o fato de vê-lo suscita, ao chegar a Oxbridge, enquanto espera a hora do almoço, sentada à margem do rio, e que — reflete ela — a ajudaria a encontrar o "óleo essencial da verdade" para compartilhar com as alunas do Girton College; igualmente, o gato sem rabo, entrevisto da janela do restaurante dos homens, flagrante imagem da violenta transformação da sociedade inglesa depois da Primeira Guerra Mundial; a alusão aos porcos, cavalos e bois que pastavam no matagal sobre o que antes era Cambridge e esses mesmos animais como coadjuvantes indispensáveis à construção dos imponentes edifícios dessa instituição, elucubrações que resultarão numa certeza questionável, na tentativa de encontrar uma resposta consistente e definitiva, sobre o tema, "essas pepitas de ouro..." que pudessem iluminá-la. Para isso, para encontrá-las entre as incontáveis e sábias obras que se acumulam nas prateleiras da augusta biblioteca, usa de novo esse recurso:

> Mas, para lidar com tudo isso, eu precisaria ser uma manada de elefantes ou uma multidão de aranhas, pensei, recorrendo em desespero aos animais que supostamente vivem mais tempo e têm mais olhos que outros. Precisaria de garras de aço e um bico de bronze só para penetrar a casca. [p. 32]

Nada é tão simples, entretanto, Woolf nunca recorre a soluções binárias, seu pensamento jamais é maniqueísta. A operação mental que durante séculos cunhou a imagem da inferioridade feminina e a força sobre-humana de que uma mulher precisaria para combatê-la e recuperar sua identidade exigiu igualmente uma tarefa prometeica para os homens:

Eles também, os patriarcas, os professores, têm suas dificuldades intermináveis, seus obstáculos para vencer. De certa maneira, a educação que receberam foi tão falha quanto a minha. Gerou neles falhas tão grandes quanto as minhas. É verdade que eles têm dinheiro e poder, mas o preço que pagam é o de ter uma águia no peito, um abutre, que está sempre ali para rasgar-lhes o fígado e bicar-lhes o pulmão — é o instinto de possuir, a fúria aquisitiva que os leva a ansiar eternamente pelas terras e bens alheios; a demarcar fronteiras e içar bandeiras; a fazer navios de guerra e armas químicas; a oferecer a própria vida e a de seus filhos em sacrifício. [pp. 44-45]

E insiste:

A necessidade secular de rebaixar a mulher para sentir-se superior age nos homens como as águias agiam com Prometeu, essa superioridade tem um preço. E essa superioridade torna possíveis as guerras e as estupidezes que definiram o gênero humano [...].

Ideia que seria reformulada em seu ensaio *Três guinéus*, de 1938. Texto que pretendia responder a várias cartas daqueles que, preocupados com a iminência da guerra, lhe perguntavam o que se poderia fazer para impedi-la. Reflexão que dá continuidade, dez anos depois, à iniciada em *Um quarto só para mim*. Um texto polêmico e crucial sobre o feminino, abertamente pacifista, que, insisto, foi produzido às vésperas da Segunda Guerra Mundial e contra a ameaça do fascismo que Woolf vislumbrara havia tempo, desde a redação em 1928, do livro que estou comentando, quando se referiu a Mussolini. De fato, assumindo seu eu como a autora do ensaio, sem ficcionalizar seu conteúdo, como havia feito em seu livro anterior, torna-o uma declaração de princípio. Denuncia a forma como a sociedade patriarcal fomenta e propicia as guerras, e declara categoricamente que não é feminista, palavra que já lhe parecia desgastada e pouco clara, como muitos outros vocábulos do idioma.

Toda a iniquidade da ditadura, seja em Oxford, seja em Cambridge, em Whitehall ou em Downing Street, contra os judeus ou contra as mulheres, na Inglaterra ou na Alemanha, na Itália ou na Espanha, é agora aparente [...]. Somos (as mulheres) diferentes, segundo demonstraram os fatos, tanto no sexo como na educação. E, tal como já dissemos, dessa diferença pode provir nossa ajuda, se é que podemos ajudar a proteger a liberdade e prevenir a guerra [...].

VI

*Com base nisso, seria singularmente raro que uma delas
chegasse a escrever as peças de Shakespeare [...]. [p. 54]*

María de Zayas e Sor Juana Inés de la Cruz, assim como outras
mulheres que se atreveram a escrever em outros séculos, consi-
deraram necessário legitimar sua escrita e, para isso, construí-
ram uma genealogia de mulheres ilustres a fim de justificar-se
e inserir-se nela.

E quando não valer essa razão para nosso crédito [explica dona
María], no século XVI, valha a experiência das histórias, e vere-
mos o que fizeram as que por *algum acidente* trataram de boas
letras, para que não baste para desculpa de minha ignorância,
sirva para exemplo de meu atrevimento. De Argentária, esposa
do poeta Lucano [refere ele mesmo], que o ajudou na correção dos três livros de *Farsália* e fez muitos versos que foram
considerados seus. Temístoclea, irmã de Pitágoras, escreveu
um livro doutíssimo de várias sentenças. Diotima foi vene-
rada por Sócrates, por ser eminente. Aspano fez muitas lições
de opinião nas Academias. Eudosa deixou escrito um livro de
conselhos políticos, Zenobia, um epítome da história Oriental,

e Cornélia, mulher de Africano, umas epístolas familiares de extrema elegância.

Zayas reivindicava ser herdeira de uma plêiade venerável de mulheres letradas da Antiguidade grega e romana, tradição seguida no século XVII por Sor Juana Inés de la Cruz na Nova Espanha, que, recriminada pelo bispo Fernández de Santa Cruz por descuidar de seus deveres como religiosa e escrever literatura profana — sonetos, décimas, romances, comédias, vilancicos, loas, autos sacramentais e, sobretudo, um tratado teológico, a *Carta atenagórica* —, compõe uma extensa lista de escritoras notáveis da mesma tradição à qual dona María aludia:

> [...] Vejo uma Pola Argentária que ajudou Lucano, seu marido, a escrever a grande *Farsália* [...]. Vejo Zenóbia, rainha dos palmirenses, tão sábia quanto valorosa. Uma Areté, filha de Aristipo, doutíssima. Uma Nicostrata, inventora das letras latinas... Uma Leôncia, grega, que escreveu contra o filósofo Teosfrato e o convenceu. Uma Júlia, uma Corina e uma Cornélia [...]

para acrescentar depois a essa lista os nomes e obras de várias santas que ousaram igualmente escrever sobre questões sagradas.

Woolf começa sua própria lista com uma escritora do século XVII, Lady Winchilsea, não sem antes manifestar seu espanto quanto ao fato de que no século XVI, o século de Shakespeare, não se registrasse nenhuma escritora de destaque; inventa então Judith, irmã fictícia do grande dramaturgo, a quem, devido às condições sociais da época, teria sido impossível escrever peças de teatro, começando pelo fato de que no teatro elisabetano não havia sequer atrizes, pois os papéis femininos eram representados por homens, enquanto, na Espanha do mesmo período, Ana Caro, Angela de Acevedo, Leonor de la Cueva e a própria María de Zayas produziram vários vaudeviles para o teatro do Século de Ouro, em que os papéis femininos eram representados por atrizes, algumas muito famosas.

Paradoxo importante: a derrota da Armada invencível e, com isso, a de Felipe II, é prenúncio da supremacia inglesa sobre os mares: consequentemente, o espanhol deixa de ser um idioma imperial e, obviamente, a literatura em língua inglesa adquire predominância.

Woolf adverte, espantada, em uma nota de rodapé que:

"Resta o fato estranho e quase impossível de explicar que, em Atenas, onde as mulheres eram reprimidas de maneira praticamente oriental, como odaliscas ou servas, os palcos tenham produzido figuras como Clitemnestra e Cassandra, Atossa e Antígona, Fedra e Medeia, e tantas outras heroínas que roubam a cena em peças e mais peças do 'misógino' Eurípedes. Mas o paradoxo desse mundo em que, na prática, uma mulher respeitável mal podia mostrar o rosto em público, enquanto no palco ela era igual ou superior aos homens, jamais se justificou". [p. 51]

(Aqui insiro uma digressão digna de ser levada em conta: Nicole Loraux, a magnífica historiadora e filóloga francesa que dedicou a vida a estudar a cultura grega a partir de outra perspectiva — a reflexão sobre o feminino na Grécia —, oferece uma explicação muito convincente: a tragédia grega era representada sempre fora da ágora, o espaço onde eram respeitadas as regras do que, para a democracia ateniense, era politicamente correto; por outro lado, no espaço especificamente escolhido para as representações teatrais, se podia aludir a todos os temas e discuti-los de maneira definitiva e mais real. Ali, no teatro, as mulheres que, como os escravos, não eram cidadãs na democracia ateniense e jamais na ágora, adquiriam plena autoridade cívica e se equiparavam aos homens, ou até mesmo os superavam. Daí sua extraordinária e inescapável presença.)

Na fábula criada pela autora de *Um quarto só para mim*, Judith Shakespeare foge de casa, vai a pé até a capital para tentar a sorte, chega às portas do The Globe, é recebida por Nick Greene, o dramaturgo-empresário, que se comove e a aceita, porém, como era de se esperar, não lhe permite ser atriz, mas a engravida. O desenlace, óbvio e previsível: uma jovem tão talentosa quanto seu irmão, mas incompreendida, se suicida: estaria enterrada em uma famosa esquina da cidade de Londres.

No século XVI, se espanta Woolf, não há registro algum de que as mulheres escrevessem cartas, se é que sabiam fazer isso ou as deixavam escrever. Sabemos, entretanto, que nas classes altas, as mulheres eram letradas e poliglotas como a própria rainha Elizabeth (Isabel I); contudo, Woolf não as menciona. Será preciso esperar o século XVII, pensa, em que Dorothy Osborne, "sensível e melancólica" — que "nunca escreveu. As cartas não valem" [p. 72] —, demonstra uma curiosa habilidade para descrever cenas cotidianas como as que mais tarde a própria Virginia relataria em *Mrs. Dalloway*. Que ela não mencione a extraordinária Madame de Sevigné — igualmente do século XVII, cuja correspondência com a filha foi tão admirada por Proust, autor por sua vez muito admirado por Woolf — me surpreenderia se não fosse a genealogia de Woolf predominantemente inglesa: o continente ficou isolado?

Retomemos o fio: Lady Winchilsea, nascida em 1661, nobre, sem filhos e poeta, boa poeta, a julgar pelos versos do poema que Virginia cita, será sua primeira antecessora. Entretanto, embora reconheça que alguns desses versos são de alta poesia, a irritação, a fúria, a raiva, a ira, a amargura de haver sido incompreendida e até vilipendiada por ler, pensar e escrever em lugar de administrar sua casa, impede Winchilsea de alcançar a "incandescência" que, para a romancista, é a qualidade essencial do grande poeta: "Se houve um dia uma mente incandescente, desimpedida, pensei, voltando mais uma vez à estante, essa mente foi a de Shakespeare" [p. 65].

Ressalto este argumento reiterado no livro: a cólera, a fúria, a irritação, a raiva, em suma, a ira turva qualquer escrita e é um obstáculo para alcançar a "incandescência".

Segue-se Margaret, duquesa de Cavendish, "fantástica e impetuosa", a primeira mulher que ingressou na Royal Society de

Londres, apesar de sua escassa formação e, como Lady Winchilsea, sem filhos e casada "com o melhor dos maridos", porém muito diferente dela, e que decidiu ser poeta, quando na realidade, Woolf acredita, deveria ter sido somente cientista.

De repente, o entusiasmo, aparece Aphra Behn:

E com a Sra. Behn viramos uma esquina importante no caminho. Deixamos para trás, e encerradas em seus fólios, aquelas grandes damas solitárias que escreveram sem público nem crítica, exclusivamente para o próprio deleite. Chegamos à cidade e esbarramos com o povo nas ruas. A Sra. Behn era uma mulher de classe média e dotada de todas as virtudes plebeias: o senso de humor, a vitalidade e a coragem; uma mulher forçada tanto pela morte do marido como por algumas aventuras infelizes a usar a própria inteligência para ganhar a vida. Teve que trabalhar de igual para igual com os homens. E trabalhando duro, conseguiu o suficiente para viver. [p. 73]

Grande contraste: liberdade e desenvoltura das mulheres comuns, escravidão das mulheres nobres, enclausuradas nos extensos espaços de suntuosas propriedades e a melancolia de uma escrita solitária. Igualmente, uma cólera soterrada, sem repercussões nem crítica, exceto a daqueles que, espantados e indignados, zombavam delas ou as reprimiam porque desejavam incursionar no terreno proibido do masculino.

Admiração sem limites e recorrente, expressa pela autora nas palavras que transcrevo a seguir: "Porque agora, depois do passo dado por Aphra Behn, outras meninas podem falar para seus pais, Não preciso de mesada; posso me sustentar pela escrita" [p. 73].

Sim, ganhar seu próprio dinheiro e ter um quarto só para si era um ato heroico no século XVII. Sim, Aphra Behn foi talvez a primeira mulher que viveu profissionalmente de sua escrita na Inglaterra, façanha que haviam alcançado, no XVI e no XVII, Zayas, na Espanha, e Sor Juana, na Nova Espanha:

A importância desse fato é maior do que qualquer coisa que ela tenha escrito, até mesmo o esplêndido "A Thousand Martyrs I have made" ["Martirizei milhares"], ou "Love in Fantastic Triumph sat" ["O amor ocupou o trono na vitória fantástica"], porque com ele surge a liberdade intelectual, ou melhor, a possibilidade de que, com o tempo, o intelecto se veja livre para escrever o que bem entender. [p. 73]

Filha de um humilde barbeiro, casou com um rico comerciante cuja morte foi misteriosa; para sobreviver, Behn trabalhou como espiã a serviço do rei Carlos II, de quem se diz que foi amante, entre muitos outros, pois também foi célebre por sua vida licenciosa. Uma verdadeira biografia romanesca.[2] E em alguns de seus textos críticos, Woolf menciona que essa dramaturga interessou muito a Daniel Defoe; pergunto-me por isso se, além de algumas de suas contemporâneas, Aphra Behn, famosa por ser de "modos fáceis", pode tê-lo inspirado a criar a figura de *Moll Flanders*, seu muito interessante e revolucionário romance sobre essa mulher, cuja vida foi tão acidentada e licenciosa quanto a de Behn. Entre outros dados notáveis sobre Behn, estaria sua viagem à Guiana Holandesa, acontecimento dramatizado em seu romance *Oroonoko: or, The Royal Slave* [*Orunoco ou o escravo real*], supostamente uma das primeiras obras antiescravagistas. Escreveu também em torno de quinze obras para teatro, vários romances e contos. De maneira taxativa, Woolf declarou em alguns de seus ensaios: "Juntas, todas as mulheres deveriam depositar flores sobre a tumba de Aphra Behn, que está muito escandalosamente e também um tanto apropriadamente localizada na Abadia de Westminster, pois foi ela quem abriu o caminho para que todas possam dizer o que pensam" [p. 75].

Juntei notícias sobre essa interessante figura, porém, antes de visitar as grandes escritoras da época vitoriana, às quais Virginia

2   Há vários anos, em Londres, tive a sorte de ver uma peça de teatro de Aphra Behn, protagonizada por Jeremy Irons.

dedicou muitas e interessantes páginas, gostaria de acrescentar mais alguns dados. Woolf foi muito afeita a escrever cartas. Sua correspondência publicada postumamente de forma episódica e gradual abrange muitos e enormes volumes, e o mesmo ocorre com seus *Diários*. Por isso, não surpreende nem a decepção que lhe causa a ausência de correspondências femininas na Londres da época elisabetana nem seu interesse por Dorothy Osborne e suas notáveis epístolas. Porém, é estranho que não mencione o fato de ter sido Behn uma das primeiras, se não a primeira na Inglaterra, a escrever um romance epistolar, esse gênero no qual a trama se desenvolve por meio de dois ou vários personagens que dialogam por escrito, gênero muito popular no século XVIII; um exemplo privilegiado: os romances epistolares de Richardson, *Pamela* e *Clarissa*, que tão grande influência tiveram quanto à forma e ao tema na França, na escrita de *As relações perigosas*, de Choderlos de Laclos, ou em *A nova Heloísa*, de Rousseau, gênero já antes explorado também na França do XVII por Gabriel Joseph de Lavergne, conde de Guilleragues, provavelmente o autor do famoso romance *Lettres de la religieuse portugaise* [*Cartas portuguesas*], em que só há um interlocutor, o ingrato amante da freira.

A maledicência que acompanhou a vida de Behn, por causa da liberdade e ousadia de sua conduta, aponta para outro tema que Woolf teria gostado de apresentar às estudantes de Cambridge, tema recorrente nos séculos anteriores ao XIX, antes que se instaurasse a moral que transformou os costumes na Inglaterra vitoriana:

> O assunto fascinante do valor que os homens dão à castidade feminina e seus efeitos na educação parece se insinuar aqui, e talvez pudesse inspirar um livro interessante se alguma aluna de Girton ou Newnham se debruçasse sobre ele. [p. 73]

E o tema da castidade encobre outro, sugerido por Woolf: o desejo de imitar seu irmão William custa a Judith Shakespeare a virgindade.

Dado privilegiado: depois de Aphra Behn, as mulheres da classe média escreverão; um acontecimento decisivo, a Revolução Industrial permitiu a elas gozar de mais tempo livre, favoreceu o aprendizado da escrita e da leitura, incentivado pelo surgimento das múltiplas bibliotecas circulantes que lhes permitiam se instruírem e ter acesso aos livros. Implicitamente, e um século depois, poder-se-ia dizer que Aphra Behn foi a materialização de Judith Shakespeare?

Nem Jane Austen nem as Brontë nem George Eliot teriam podido escrever sem suas antecessoras, defende Woolf, como Shakespeare também não poderia tê-lo feito se Marlowe e Chaucer não o houvessem precedido. Entretanto, Jane Austen nunca teve um quarto só para ela, em que pudesse escrever: "[...] escondia seus manuscritos ou os cobria com um pedaço de mata-borrão" [p. 76]. "Se uma mulher escrevesse, ela precisaria escrever [na] sala de estar", e, exclama espantada a romancista, da posição elitista de sua alta classe: "É bem verdade que o treinamento literário que uma mulher no começo do século XIX podia ter era o de observar as pessoas e analisar as emoções. Sua sensibilidade foi cultivada ao longo dos séculos pelas influências da sala de estar" [p. 76].

De novo, Woolf manifesta seu espanto: "Talvez seja esse o maior dos milagres. Eis aqui uma mulher em 1800 escrevendo sem ódio, sem amargura, sem medo, sem contestação, sem pregação". Woolf se desdiz? Teria sido possível que as mulheres escrevessem mesmo carecendo de um quarto todo seu e com muito pouco dinheiro à disposição? Austen, o exemplo mais perfeito e contundente?

Charlotte Brontë, provavelmente mais inteligente que Austen, não atinge totalmente seu objetivo, pensa Woolf: "A imaginação cambaleia sob o peso de um esforço imenso. A intenção se confunde; o verdadeiro e o falso perdem a nitidez; e acaba a força necessária para continuar com o enorme trabalho que a todo instante exige o uso de faculdades tão diversas" [p. 82], "[...] ficou claro que a raiva estava adulterando a integridade da romancista Charlotte Brontë" [p. 82], e arremata: "É impossível não se deixar levar por pensamentos sobre o que poderia ter acontecido de diferente se Charlotte Brontë tivesse possuído, à sua disposição, digamos, trezentas libras por ano" [p. 79]. E acrescenta algo que seria crucial em sua análise: a importância do corpo na escrita: "Mas talvez devêssemos ir mais longe na pergunta a respeito da escrita de romances e os efeitos do sexo feminino sobre a romancista. Fechando os olhos e pensando no romance como um todo [...]" [p. 80]. George Eliot também é uma exceção a seus olhos, mas à custa de estar isolada da sociedade por sua vida irregular, de amante de um homem casado. E obviamente, e de outra maneira, também Emily Brontë, como poderia não reconhecê-lo?

> E certamente deve ter sido impossível não ceder a nenhum dos lados. Que gênio, que integridade elas precisaram manter para encarar tanta crítica numa sociedade puramente patriarcal, e se agarrar à própria visão sem esmorecer. Isso, só Jane Austen conseguiu, e Emily Brontë. Essa é talvez a maior glória delas. Escreveram como uma mulher escreve, e não como um homem. Das milhares de mulheres que escreviam romances na época, elas foram as únicas que ignoraram as exortações perpétuas do incansável pedagogo — escreva isto, pense aquilo. Foram as únicas que não deram ouvidos a essa voz persistente, que ora resmunga, ora patrocina, ora domina, lamenta, se espanta, enraivece, infantiliza; aquela voz que não dá sossego às mulheres, que teima com elas como uma governanta excessivamente preocupada, e as recrimina [...]. [pp. 83-84]

De forma explícita, Woolf não concede todas as qualidades e liberdades de romancista a Charlotte Brontë, pois esta, em muitos sentidos, iria de encontro com o que nossa autora considerava ser escrever um bom romance, escrever como mulher, ressalto, e talvez porque não estivesse totalmente à vontade com a ideia de romance que ela mesma praticava. Por outro lado, Austen e Emily Brontë recebem admiração incondicional da autora de *Um quarto só para mim*: na obra delas, consta-ta-se que jamais aceitaram o condicionamento que a tradição patriarcal pretendia lhes impor.

Viginia Woolf arremata essa ideia com uma afirmação definitiva: a importância que a sexualidade tem na escrita: "[...] Então faço só uma pequena pausa neste instante para chamar a atenção de vocês para o grande papel que a condição física das mulheres terá no futuro. Todo livro precisa de algum jeito se adaptar a um corpo [...]" [p. 87]. E não somente a partir de seu próprio corpo, mas também de acordo com suas circunstâncias: uma mulher não poderia escrever uma epopeia no estilo de *Guerra e paz*, de Tolstói. "Este é um livro importante, o crítico pressupõe, porque trata da guerra. Aquele é um livro insignificante porque trata dos sentimentos femininos entre quatro paredes" [p. 83].

E mais, no século XIX, pensava Woolf, a única forma acessível às mulheres, quando começaram a escrever, talvez fosse o romance, não a poesia nem a épica. Não posso deixar de mencionar meu espanto com o fato de que a autora de *Um quarto só para mim* ignora Emily Dickinson, a grande poeta em língua inglesa, nascida nos Estados Unidos em 1830, e bastante conhecida quando Woolf começou a escrever; menos espantoso seria o caso de outra estadunidense, Kate Chopin, que no final do século XIX escreveu um romance pioneiro, *The Awakening* [*O despertar*], ou depois, no início do século XX, Charlotte Perkins Gilman, autora do notável conto "O papel de parede amarelo", um dos primeiros textos em que se expressam as consequências às vezes nefastas da maternidade. Consequências que atualmente muitas escritoras jovens exploram.

Se continuo, direi que me espanta ainda mais que Woolf ignorasse Edith Wharton, amiga de Henry James, que ela admirava, e uma das mais importantes e conhecidas romancistas dos Estados Unidos no âmbito da língua inglesa, que viveu grande parte de sua vida na Inglaterra e na Europa. E mais grave ainda, como é possível que tenha esquecido de mencionar as outras duas Marys, Mary Wollstonecraft, fervorosa feminista, *avant la lettre*, e sua filha Mary Shelley, a inventora do monstro mais monstro entre os monstros, feito de retalhos de crianças não paridas, o paradigma absoluto da ficção científica?

Surpresa, e feliz, por outro lado, Woolf ressalta o surgimento, nesse primeiro quarto do século xx, de várias estudiosas que incursionaram no campo da história e da filosofia, âmbito antes vetado a elas quase por completo. Fará menção especial a Jane Harrison, extraordinária historiadora que, ao estabelecer as bases de uma nova visão sobre a arqueologia e a cultura gregas, abriu caminho para outras notáveis historiadoras que se destacariam nessa mesma linha no último quarto do século xx; menciono somente algumas: a francesa Nicole Loraux, a estadunidense Froma Zeitlin e a italiana Giulia Sissa.

"Alguém se deitava numa rede, alguém, não mais que um espectro nessa luz [...]" e, maravilhada, em seu caminho para o Girton College, exclama ao ver "[...] e, então, na varanda, como para tomar um ar, para olhar o jardim, surgiu uma figura curvada, formidável e humilde, de testa alta e vestido simples — seria possível? Seria a famosa professora, seria J—— H——, a própria?" [p. 23].

A obra de Virginia Woolf é imensa e extraordinária. Óbvio. Ela penetrou em vários campos, e o fato de que em *Um quarto só para mim* se limitasse quase exclusivamente a refletir sobre a genealogia da literatura feminina na Inglaterra, evitando, de certo modo, o que, na sua época, se produzia em outros países de língua inglesa, com a provável exceção de Katherine Mansfield, não significa absolutamente que tenha carecido de interesse por outras literaturas, como se pode ver em muitos de seus ensaios sobre Proust, Dostoiévski, Tolstói etc. Ela mesma confessa nas últimas páginas do livro que comento: "já expus o suficiente minha inaptidão como crítica da ficção moderna [...]" [p. 118]. Convém, entretanto, ressaltar que a preocupação principal de Virginia Woolf foi analisar sua própria tradição, o que explica, em parte, somente em parte, a ausência de autores em outras línguas e em língua castelhana. Talvez se possa dizer que, como exceção, estaria representada a literatura argentina pela presença de Victoria Ocampo e as peculiares traduções que Jorge Luis Borges fez justamente de *Orlando* e *Um quarto só para mim*, traduções nas quais, como ocorre com *Palmeiras selvagens*, de Faulkner, Borges interveio de tal maneira nos textos que, por terem sido traduzidos por ele, se tornaram textos de Jorge Luis Borges.

VII

[...] *se há dois sexos na mente* [...]. [p. 108]

Retomo o fio, ou o reteço. Releio duas mulheres paradigmáticas da tradição em língua castelhana: María de Zayas e Sor Juana Inés de la Cruz. Seus argumentos coincidem: o entendimento é andrógino, localiza-se sobretudo na alma.

> Porém, qualquer um, como seja não mais do que bom cortesão — protesta Zayas — nem o terá por novidade nem o murmurará por desatino porque se esta matéria de que nos compomos, homens e mulheres, seja uma junção de fogo e barro, ou seja uma massa de espíritos e torrões, não tem mais nobreza neles do que em nós mulheres; se é um mesmo sangue, os sentidos, as potências, e os órgãos por onde se operam seus efeitos são os mesmos, a mesma alma que eles, *porque as almas não são homens nem mulheres*, que razão há para que eles sejam sábios e presumam que nós não podemos sê-lo? [Grifo meu]

E Sor Juana versifica:

> [...] *pues no soy mujer que a alguno*

161

de mujer pueda servirle;
y sólo sé que mi cuerpo,
sin que a uno u otro se incline,
es neutro, o abstracto, cuanto
solo el Alma deposite. [Grifo meu][1]

E um sacerdote contemporâneo da freira, para defendê-la dos ataques que a burocracia eclesiástica nova-hispânica lançava contra ela, exclama:

Não é o maior motivo de admirar-me ver tão varonil e valente engenho em um corpo mulheril, porque afastando-me do vulgo daqueles homens que negam às mulheres a habilidade para as letras, *devo saber que não há diversidade nas almas e que os corpos em ambos os sexos* de tal sorte são dessemelhantes que podem e costumam admitir igual proporção de órgãos para penetrar nas mais delicadas sutilezas da ciência. [Grifo meu]

Coloquei *ex professo* esses textos um ao lado do outro: comprovam a similitude de argumentos esgrimidos ao longo dos séculos, argumentos que pretendiam validar a igualdade dos sexos, destituindo-os do corpo.

Woolf remete a um grande poeta do século XIX para reforçar essa ideia, substituindo a alma pela mente:

Talvez fosse isso que Coleridge queria dizer quando afirmou que toda grande mente é andrógina. É só quando acontece essa fusão que a mente se torna plenamente fértil e dona das próprias faculdades. Uma mente exclusivamente masculina talvez não seja capaz de criar, e o mesmo vale para a mente

---

1 Em português: [...] pois não sou mulher que a algum/ de mulher possa servir-lhe;/ e só sei que meu corpo,/ sem que a um ou outro se incline,/ é neutro, ou abstrato, quanto/ só a Alma deposite. [N. T.]

exclusivamente feminina, pensei. Mas talvez fosse o caso de parar e consultar um livro ou outro. [p. 108]

(Volto a ressaltar que, para Woolf, a "incandescência" é virtude tão essencial quanto a integridade na boa literatura.)

E assim segui sem saber bem o que fazia, esboçando uma alma com duas forças, uma masculina e uma feminina, em cada indivíduo; e no cérebro do homem, a força masculina se sobrepõe à feminina, e no cérebro da mulher, a feminina se sobrepõe à masculina. O estado normal e confortável é aquele em que as duas vivem juntas em harmonia, em cumplicidade espiritual. [p. 108]

Nesta seção, deixei falarem várias personalidades e, finalmente, Virginia Woolf: seu pensamento de entusiasta, *amateur*, assim ela o chama, a relaciona, como antes assinalei, à tradição escritural conhecida como a querela das mulheres, produzida por aqueles que se atreveram a pensar e a escrever em séculos anteriores, amparando-se no conceito da androginia.

Por seus diários e pelas rasuras com as quais elimina algumas de suas ideias, sabemos que teve temor à censura, apesar de que, dentro do grupo de Bloomsbury e entre Harold Nicolson e sua esposa Vita Sackville-West, as relações sexuais eram praticadas muito livremente. Hermione Lee, uma das mais recentes, rigorosas e inteligentes biógrafas de Woolf, chama essa opção política da romancista — e a sexualidade sempre foi um problema político, embora se disfarce de moralidade — de "estética da inibição".

Em 1939, Virginia escreveu em um de seus *Diários*: "Estive pensando nos Censores [...]. Se dissesse isso ou aquilo, me chamariam de sentimental. Se isso, ainda mais [...] pensariam que sou uma Burguesa. Todos os livros me parecem agora *rodeados de uma aura de invisíveis censores* [...]".[2]

---

2   Citado por Hermione Lee, *Virginia Woolf: a biography* (Nova York: Vintage, 1999), p. 516.

Desde sua publicação, *Um quarto só para mim* teve enorme aceitação, rendeu muitas libras esterlinas à sua autora e foi relido várias vezes de maneiras novas; reivindica e difunde, ao mesmo tempo, várias das ideias e motes que com muitas variantes estão na base dos atuais movimentos feministas e do que se tem chamado movimento LGBT.

Desde *Orlando*, Virginia assegurava, falando de seu personagem, que em cada ser humano se produz uma oscilação entre um e outro sexo. *Orlando*, recordemos, foi publicado em 1928; *Um quarto só para mim*, em 1929. *Orlando*, biografia ficcionalizada de Vita Sackville-West, que foi companheira de Woolf durante sua permanência no Girton College.

Conclusão que exigiria maior reflexão: se fossem seguidas as definições que nos últimos tempos alteraram sobremaneira a concepção que se tinha dos sexos, poder-se-ia dizer então que em *Um quarto só para mim* Woolf se refere, explicitamente, à androginia, e que em *Orlando* delinearia de maneira profética o que agora se conhece como transexualidade ou, em certa medida, o não binário?

Uma breve anotação final sobre esse tema. O surgimento recente de um novo conceito que se acrescentaria ao de transexualidade e androginia: o não binarismo dos sexos. Para isso, recorro à Wikipedia e transcrevo:

A expressão gênero não binário se aplica às pessoas que não se autopercebem como homem nem como mulher e que podem identificar-se com um terceiro gênero ou nenhum. Não se deve confundir com o termo *queer*, que designa qualquer tipo de minoria sexual que fique sob os parâmetros das identidades LGBT.

VIII

*[...] não era uma raiva declarada e honesta, e sim
uma raiva disfarçada e complicada [...]. [p. 38]*

A irritação, a fúria, a cólera, o sarcasmo, a ira, no fim das contas, a raiva, descobre Mary Seton, é o fator principal que subjaz
na argumentação dos homens quando pretendem provar sua
superioridade sobre o outro sexo. Ela o confirma ao ler os diferentes livros escolhidos ao acaso nas prateleiras da biblioteca
do Museu Britânico. Quer entender essa verdade definitiva,
sustentada e aceita durante séculos, pelo menos desde Aristóteles. Denuncia a historiadora Giulia Sissa, em seu inteligente
e revolucionário ensaio *El alma tiene cuerpo de mujer* [*A alma
é um corpo de mulher*]:

> A comparação com o corpo masculino põe em evidência dois
> aspectos do corpo das mulheres, segundo o filósofo grego, isto
> é, a equivalência na diversidade, porém sobretudo na fragili-
> dade, o fracasso sistemático em relação a um modelo. *Aris-
> tóteles diria que o corpo feminino é diverso do masculino se-
> gundo uma regra de mais e menos.* Não se deve perder de vista
> essa maneira *quantitativa* [*sic*] de medir a desigualdade se-

xual. Posto que a diferença segundo o mais e o menos é, para Aristóteles, uma categoria precisa, a que separa um pássaro de outro pássaro — um pardal de uma águia, por exemplo —, ou um peixe de outro; é, em suma, a diferença entre os animais que pertencem ao mesmo *genos* [gênero].

Uma falsa verdade, pensa Beton-Woolf, que se tentou provar de maneira sofisticada, sofista, com pretensões de verossimilhança científica e filosófica, sob a qual se esconde uma crítica furiosa. Mary Beton lê e, à medida que o faz, vai desenhando um retrato no mesmo papel em que pensava transcrever as razões que lhe permitiriam aceitar, sem discutir, sua inata inferioridade e a do restante de seu sexo. O resultado: um retrato pouco agradável, cruel e satírico; o reflexo, a tradução gráfica da violência que reflete o que o autor deixou transparecer ao escrever seu livro:

Era o rosto e a silhueta do Professor Von X., imerso na escrita de sua monumental obra intitulada *A inferioridade mental, moral e física do sexo feminino*. No retrato, ele não era um homem atraente para as mulheres. Era gordo; tinha papada; ainda por cima, os olhos eram minúsculos; o rosto muito vermelho. Sua expressão sugeria que trabalhava sob o peso de uma emoção que o fazia atacar o papel com a caneta, como se fosse matar um inseto venenoso enquanto escrevia, mas nem esse ato seria suficiente para satisfazê-lo; era preciso continuar matando; e mesmo depois disso, ele ainda teria motivos para sentir raiva e irritação. O problema é sua esposa?, perguntei ao desenho. Será que ela se apaixonou pelo oficial da cavalaria? Será que ele é um homem magro e elegante vestindo astracã? Ou será que, para adotar a teoria freudiana, alguma menina bonita riu dele no berço? Porque nem no berço, eu pensei, o professor teria sido uma criança bonita. Qualquer que fosse o motivo, meu desenho fazia dele um homem muito raivoso e muito feio, que escrevia seu grande livro a respeito da inferioridade mental, moral e física das mulheres [p. 37].

A raiva do professor provocou a mesma reação na leitora, que respondeu a essa ira desenhando igualmente um retrato furioso, um retrato que mais parecia um incêndio: "O professor não passava de um galho em brasa no alto de Hampstead Heath" [p. 38].

A raiva, no entanto, ofusca, confunde. Para apagá-la se exige uma reflexão imparcial e serena, inteligente:

Em pouco tempo, minha raiva foi explicada e desfeita; mas a curiosidade ficou. Como explicar a raiva dos professores? Por que sentiam raiva? A verdade é que quando analisamos a impressão que esses livros deixam em nós, tem sempre algum fogo na mistura. É um calor que assume muitas formas; sátira, sentimentalismo, curiosidade, reprimenda. Mas havia outro elemento ainda, que não se deixava identificar de primeira. Chamei de raiva. Mas era uma raiva que se escondia no subterrâneo, que se misturava a muitas outras emoções. A julgar pelos efeitos estranhos que provocava, não era uma raiva declarada e honesta, e sim uma raiva disfarçada e complicada. [p. 38]

Mary Seton sai da biblioteca e almoça em um pequeno restaurante muito próximo ao Museu Britânico (Virginia Woolf gostava de reproduzir suas caminhadas, aquelas caminhadas que Mrs. Dalloway também fazia pelas ruas de Londres). No restaurante, comprova, ao examinar um jornal deixado sobre a mesa, que os argumentos dos livros recém-lidos se repetem de maneira igualmente disfarçada nas notícias que o jornal oferece:

Até mesmo o turista mais fugaz que pousasse neste planeta e pegasse esse jornal, pensei, seria capaz de concluir, só com esses fragmentos, que a Inglaterra vive sob regime patriarcal. Qualquer criatura sã é capaz de detectar o domínio do professor. São dele o poder, o dinheiro e a influência. [pp. 39-40]

Acentuo o aparentemente óbvio, porém reiterado várias vezes no ensaio: o dinheiro é, para Woolf, elemento indispensável, quase o único, para que as mulheres obtenham a plena liberdade. Ao terminar de escrever o parágrafo que citei parcialmente, Mary Seton paga seu almoço e, com grande satisfação, observa que em sua carteira há uma quantidade suficiente de dinheiro, o dinheiro que graças à herança de sua tia lhe confere o direito de almoçar sem necessidade de pedir a quem sempre o teve. Não é inútil recordar aqui que Jane Eyre, a heroína do romance homônimo, de Charlotte Brontë, também recebe uma herança inesperada em um momento de inflexão no romance: 200 libras esterlinas que lhe permitiriam viver sua vida sem necessidade de empregar-se de novo como preceptora, único trabalho possível para as moças instruídas, mas pobres, da época vitoriana, como ocorreu com a protagonista do romance *Agnes Grey*, na realidade com sua autora, a irmã mais nova das Brontë, Ann. Woolf evocaria esse fato quando redigiu seu ensaio?

Em *Três guinéus*, publicado, como disse, em 1938, um de seus mais contundentes argumentos é este:

> Haverá algo mais pertinente do que destruir uma velha palavra, uma palavra brutal e corrompida que, em seu tempo, causou muito dano e que agora já caducou? Trata-se da palavra "feminista". Segundo o dicionário, essa palavra significa "quem defende os direitos da mulher". Como o único direito, o direito de ganhar a vida, foi conquistado, a palavra deixou de ter significado.

Woolf refere-se provavelmente ao uso maniqueísta que em algumas ocasiões as feministas suas contemporâneas fizeram de sua luta, da mesma maneira que hoje a excessiva correção política beira a intolerância e às vezes a injustiça, como algumas ações provocadas pelo atual movimento conhecido como *#Me Too*, sem dúvida muito importante. Infelizmente, no entanto, parece que as mulheres devem continuar sendo "feministas", embora muitas tenham conseguido ter um quarto só para elas e o equivalente atual a 500 libras esterlinas anuais.

Ter o próprio dinheiro apazigua momentaneamente a ira:

De fato, pensei, enquanto colocava as moedas na bolsa, como é incrível perceber a mudança que uma renda estável é capaz de promover, em comparação com a amargura do passado. Não há poder no mundo que me tire essas minhas quinhentas libras. [...] Não significa apenas o fim do esforço e do trabalho, mas do ódio e da amargura. Não tenho por que odiar os homens; não há homem no mundo que possa me fazer mal. Não tenho por que bajular os homens; não há nada que um homem possa me oferecer. E foi assim que, sem me dar conta, passei a adotar uma nova atitude em relação à outra metade da raça humana. Tornou-se absurdo culpar qualquer classe ou sexo como um todo. [p. 44]

Woolf fala a partir de sua própria classe, é evidente. E embora, em muitos pontos, sua reflexão continue certa e admirável, mal leva em conta as outras classes sociais nem aceita o fato de que, além de gozar da liberdade de ganhar a vida, muitos dos outros direitos dos quais a mulher carece só haviam sido conquistados parcialmente na sua época. Na verdade, continuam sem ter sido conquistados até hoje, em particular os que talvez sejam mais essenciais: o direito à liberdade de decidir sobre o próprio corpo e o direito de não permitir a violência que frequentemente uma das metades da humanidade costuma exercer sobre o outro sexo, agora conhecida como violência de gênero: "Na realidade, como indica o professor Trevelyan, ela era trancafiada, açoitada e jogada contra as paredes" [p. 51].

A raiva que não cessa deveria ser eliminada para alcançar um raciocínio mais equilibrado e claro, sobretudo caso se queira escrever uma obra de arte. Além disso, como a própria Woolf assegura, tomando como exemplo uma escritora do século XVII, a raiva contamina o discurso e a escrita: pois, sujeita à adversa situação à qual as mulheres eram condenadas [...], "é provável que nós a encontrássemos com o espírito dividido por emoções estranhas como o medo e o ódio, que deixaram resquícios em seus poemas" [p. 67].

Não poderia continuar analisando esse texto se não reproduzisse algumas palavras de Walker, a escritora negra estadunidense:

> Virginia Woolf, em sua obra *Um quarto só para mim*, escreveu que para que uma mulher escrevesse ficção precisava possuir duas coisas, certamente: um quarto só para ela (com sua chave e sua fechadura) e dinheiro suficiente para manter a si mesma. O que fazer, pois, com Phyllis Wheatley, escrava, que sequer possuía a si mesma? Essa adoentada e frágil mulher negra que às vezes precisava da ajuda de uma pessoa, dada a precariedade de sua saúde; se fosse branca, teria sido facilmente considerada uma intelectual superior a todas as mulheres e à maioria dos homens da sociedade de seu tempo.

Inscrevo aqui, à maneira de digressão, uma afirmação de Woolf muito curiosa que aparece de repente, sem conexão aparente com o texto: "Uma das grandes vantagens de ser mulher é que é possível passar até mesmo por uma bela negra sem desejar transformá-la numa inglesa" [p. 58].

E me pergunto, final e tautologicamente, podem hoje todas as mulheres do mundo dispor de seu próprio corpo?

Será a raiva uma forma devastada da incandescência?

Nota sobre os textos

Os estudiosos da obra de Virginia Woolf ainda não souberam reconstruir com exatidão a gênese de *Um quarto só para mim*. Como indica a própria autora, o texto baseia-se em duas conferências proferidas em dois *colleges* de Cambridge — Girton e Newnham. O que não se sabe, porém, é se as palestras corresponderiam a dois textos diferentes ou a um só e mesmo. Se a nota inicial confirma a primeira alternativa, o manuscrito do ensaio de que dispomos parece indicar o contrário. Seja como for, pelo menos até segunda ordem, seria preciso resignar-se à indecisão, uma vez que os discursos originais de Cambridge parecem não ter sobrevivido.

O que se sabe ao certo é que, em janeiro de 1928, Woolf recebeu uma carta de Irene Biss convidando-a a proferir uma palestra em Girton College, mais precisamente na sociedade ODTAA — sigla tirada do título de um romance de John Masefield, *One Damn Thing After Another* (Londres: William Heinemann, 1926). E sabemos também que, em 16 de janeiro do mesmo ano, data do funeral de Thomas Hardy, Virginia Woolf já anotava em seu diário que planejava falar para ouvintes de Newnham College sobre a escrita feminina. É plausível, portanto, que representantes de ambas as instituições tenham solicitado uma fala à autora. Woolf responde a Biss em 29 de janeiro, confirmando que poderia atender a seu convite em outubro daquele ano. No entanto, em uma nova carta, datada de 12 de fevereiro, informa que aceitara um pedido para palestrar em Newnham no dia 12 de maio e pergunta se poderia ir a Girton no dia 19 do mesmo mês. Na entrada de 18 de fevereiro, Woolf anota em seu diário que seus pensamentos vagavam sem muito rumo a respeito do assunto "mulheres e ficção". As visitas foram postergadas para outubro.

Em 20 de outubro, pouco mais de uma semana após a publicação de *Orlando*, Woolf foi de carro até Cambridge, na companhia do marido, da irmã e da sobrinha, para discursar perante a Arts Society de Newnham. A então secretária desta sociedade, Elsie Elizabeth Phare (Duncan-Jones), recorda que a romancista fizera sua palestra no Clough Hall, edifício de janelas "curvas como as de um navio em meio a ondas abundantes de tijolos vermelhos" [p. 22 deste volume], depois de um jantar modesto realizado no mesmo local. Ao que parece, entre as duas centenas de estudantes que ouviram a sua palestra não faltou quem dormisse devido à má acústica do local. Pela mesma Elsie Phare, sabemos que Woolf teria incentivado a plateia a desenvolver uma nova linguagem, mais fluente e nuançada, que divergisse dos padrões do estilo literário predominante, marcadamente masculino (argumentos que indicam algo daquilo que viria a ser explorado no capítulo IV de *Um quarto só para mim*).

Virginia Woolf pernoitou em Newnham como hóspede da reitora Pernel Strachey. No dia seguinte, ela e seus acompanhantes almoçaram no King's College junto a George Rylands, Lytton Strachey e John Maynard Keynes — três conhecidos do grupo de Bloomsbury.

Uma semana depois, a autora de *Orlando* voltou a Cambridge, mas desta vez foi de trem e acompanhada de Vita Sackville-West, para falar à ODTAA, em Girton, na noite de 26 de outubro. De Woolf, temos o testemunho de que então teria dito à audiência para tomar vinho e ter um quarto só para si, indício de que ideias que aparecem já no primeiro capítulo da versão para publicação do ensaio sobre mulheres e ficção começavam a se esboçar naquela ocasião. Desta feita, Woolf dirigiu-se a um público bem menor, no Reception Room de Girton, ambiente decorado com painéis de Julia, Lady Carew, e próximo da biblioteca Stanley. Um testemunho de suas passagens por Cambridge, já no seu retorno a Londres, pode ser encontrado no excerto do diário que serve de epígrafe à segunda seção do texto de Margo Glantz recolhido neste volume.

Em março de 1929, na revista nova-iorquina *Forum*, Virginia Woolf publicou o ensaio "As mulheres e a ficção", que, para alguns especialistas, é a versão mais próxima daquilo que a autora teria dito em Cambridge. Outros textos, derivados de outras falas, indicam, entretanto, que Woolf modelava seus discursos para adequá-los ao público e à ocasião, o que leva outros comentadores a duvidarem de que a versão americana seja próxima das palestras inglesas. Como quer que seja, o primeiro esboço manuscrito de *A Room of One's Own* só foi publicado em 1992 por S. P. Rosenbaum, que o descobriu na biblioteca de Fitzwilliam College. Esse esboço, chamado por Woolf de "As mulheres e a ficção", foi escrito em mais ou menos um mês, provavelmente de fins de fevereiro a 2 de abril de 1929, depois de um surto criativo no começo daquele ano. Essa versão, uma vez revisada, foi publicada por Virginia Woolf como *A Room of One's own*, pela Hogarth Press, em 24 de outubro de 1929.

Para esta nota, consultou-se especialmente a segunda seção da "Introdução" de David Bradshaw e Stuart N. Clarke da edição organizada por eles de *A Room of One's Own* (Oxford: Wiley Blackell, 2014) — volume a partir do qual foi feita esta tradução e de onde foram colhidas indicações para algumas das notas que o leitor encontra ao longo deste livro.

O ensaio de Margo Glantz figura como prólogo à seguinte edição mexicana do texto de Virginia Woolf, *Una habitación propia*, com tradução de Mónica Mansour (Cidade do México: Porrúa, 2021). As citações do texto de Woolf no texto de Glantz foram modificadas para corresponder a esta edição brasileira.

Esta edição © Editora 34, 2025
Traduções © Sofia Nestrovski, Gênese Andrade, 2025
"*La querella de las mujeres*" © Margo Glantz, 2021
c/o Puentes Agency

Edição Samuel Titan Jr.
Preparação João Cândido Cartocci Maia e Elvia Bezerra
Revisão Rafaela Biff Cera e Giselle Lazzari
Projeto gráfico Bloco Gráfico
Assistência de design Lívia Takemura
Ilustrações Fidel Sclavo

1ª edição, 2025.

A reprodução de qualquer folha deste livro é ilegal e configura
apropriação indevida dos direitos intelectuais e patrimoniais do autor.
A grafia foi atualizada segundo o Acordo Ortográfico da Língua
Portuguesa de 1990, que entrou em vigor no Brasil em 2009.

CIP – Brasil. Catalogação na Fonte
(Sindicato Nacional dos Editores de Livros, RJ, Brasil)

Woolf, Virginia (1882-1941)

Um quarto só para mim / Virginia Woolf;
Tradução: Sofia Nestrovski
Posfácio: Margo Glantz
São Paulo: Editora 34, 2025
(1ª Edição)
176 pp.

ISBN 978-65-5525-228-6

1. Literatura inglesa. I. Nestrovski, Sofia.
II. Glantz, Margo. III. Título.

CDD 820

Editora 34 Ltda.
Rua Hungria, 592 – Jardim Europa
São Paulo – SP – Brasil
CEP 01455-000
Tel (11) 3811-6777
www.editora34.com.br

Este livro foi composto em Chassi
e impresso em papel Pólen Bold 70 g/m²
na gráfica Loyola para a Editora 34
em março de 2025.